花嫁は三度愛を知る

愁堂れな

幻冬舎ルチル文庫

CONTENTS ✦目次✦

花嫁は三度愛を知る

✦カバーデザイン＝吉野知栄（CoCo.Design）
✦ブックデザイン＝まるか工房

イラスト・蓮川 愛 ✦

花嫁は三度愛を知る

プロローグ

約束します。あなたの愛する人をいつか必ず私が連れて参りましょう。

だからもう、泣かないでください。

あなたに泣き顔は似合いません。あなたには常に微笑《ほほえ》んでいてほしいのです。春の日溜《ひだ》まりのようなあなたの柔らかな笑顔は、何にも代え難い私の宝物なのですから——。

1

「え？　本当ですか？」

　警視庁の刑事部長が緊急の用事だといって呼びつけてきたのだ。嘘など言うはずがないと勿論《もちろん》わかってはいたが、それでも思わずそう叫んでしまうほど、丸山《まるやま》部長の発言は僕を驚かせるものだった。

「本当に決まっているだろう」

　予想どおり丸山がむっとした顔になり、じろりと僕を睨《にら》む。四十三歳という若さで刑事部長の地位に上り詰めた彼は、かつて警察学校を首席で卒業したいわばエリート中のエリートであり、その十五年後に同じく首席で卒業した僕には何かと目をかけてくれている。

　その彼をしても、聞き逃せない失言だったか、と慌てて僕は深く頭を下げた。

「大変失礼いたしました。まさか『blue rose《ブルーローズ》』の名を再び聞こうとは思わなかったもので……」

「まあ、君が驚く気持ちもわかるよ、月城《つきしろ》君」

　素直に詫《わ》びたことで丸山の機嫌はすぐに直ったようだ。機嫌がよくなると今度は、彼の過剰なほどのスキンシップに悩まされることになるのだが、そのことを憂う余裕がないほどに僕は動揺してしまっていた。

『blue rose』――今や世界中でその名を知らぬ者はいないと言われる『怪盗』集団の名である。

この現代に『怪盗』など、なんとレトロな、と失笑されるやもしれないが、実際彼らの手により、八百億もの盗難被害が生じているのは紛《まが》う方なき事実だった。

彼らが活動を始めて早三年が経《た》つ。が、去年まで『blue rose』の名は、いかなるメディアにも上ることはなかった。

それがなぜ、世間に知られることになったかというと、去年のちょうど今頃『blue rose』はこの日本にやってきたのだが、腕利きのICPO《アイシーピーオー》の刑事により窃盗を阻まれ、加えてそのときまで知られていなかった首謀者の素性が初めて明らかにされたためだった。

ローランド・モリエール――彼の名と素性は世界に轟《とどろ》きわたり、そのせいかこの一年というもの、怪盗『blue rose』による盗難被害は一切なかった。

怪盗とはいえ、ローランドは爵位を剝奪《はくだつ》されたもと貴族の息子であり、かつて彼の父母が所有していた宝石や絵画を狙っているということが明らかにされたため、当該の品々に対する警護が厳重となったせいもある。また、それらの美術品は真っ当な手段で流出したものではないことも明らかになったので、美術館に寄付する所蔵者が数多くいたことも関係していると思われた。

ローランドとは、少なからぬ因縁を持つ身であったゆえ、僕も彼は今頃どこで何をしているのかと、折に触れ気にしてはいたものの、日頃の業務の煩雑さが次第に強烈すぎた彼の印象を薄めつつあった。

なのに今、再びローランドの名を耳にしようとは、と、驚いていた僕に丸山は、ひら、と一枚の紙片を渡して寄越した。

「インターポールからの協力要請だ。来週、沢木《さわき》家所蔵の美術品や宝飾品の展示会が開催される。その会場に予告状が届いたということだ」

部長が渡してきたのは、インターポールの責任者から彼宛《あて》に送られてきたメールをプリントアウトしたものだった。英語で書かれたそれをざっと読み、今部長が言ったとおりの内容が書かれていることを確認する。

「昨年と同じく、警視庁には会場警護の要請がきている。また、これも昨年同様に、ICPOの担当刑事が来日するので、君には今回もその刑事と三課のパイプ役となってもらいたい。そのためにこうして呼び出したんだよ」

「……わかりました」

ICPOの刑事の来日、そして彼と僕の所属する三課とのパイプ役――去年とまるで同じ役割を担うことになった僕の胸はそのとき、鼓動の音がスーツの上着を通り越し、外に漏れるのではないかと思うほどに高鳴っていた。

　声まで震えそうになってしまうのを気力で堪《こら》え、頷《うなず》く。堪えるのは声の震えだけじゃない、ともすれば緩みそうになる頬《ほお》を引き締めるのも大変だった。

「ICPOより連絡がき次第、来日する刑事の名前や到着便の詳細をメールする。以上だ」

「わかりました。それでは失礼いたします」

　敬礼し、部屋を辞そうとしたのは、紅潮しつつある頬を隠したいためだった。それを見抜いたのだろうか——そんなことはないと思いたいが——丸山が僕の背に声をかけてきた。

「そういえば君は、ICPOの北条《ほうじょう》刑事とは、去年、随分打ち解けていたね」

「いえ、そのようなことは」

　思わず振り返り、否定した僕の目に、にんまりと笑う丸山の顔が飛び込んでくる。

「これは滅多に見られぬものを見たな——君が動揺する姿など」

「……失礼します」

　からかわれた、と悟ったと同時に頬にカッと血が上る。まったく、悪趣味だと心の中で悪態をつきつつ僕は、それでも敬礼は忘れずにすると、これ以上部長に言葉をかけられるより前にと足早に部屋を出た。

　自分の部署——警視庁捜査第三課へと戻る僕の頬は、誰にも見られていないのをいいことにすっかり緩んでしまっていた。ICPOの北条刑事——キース・北条との再会が楽しみで

たまらなかったからだ。

キースは一年前、『blue rose』の担当として来日した、ＩＣＰＯの中でも敏腕中の敏腕といわれた刑事だった。

『幸福な花嫁の涙』という、時価数百億とも数千億とも言われるネックレスの展示が日本で行われることになったのだが、そのネックレスを狙い『blue rose』が盗難の予告状を出してきた。

それをうけてＩＣＰＯからキースがやってきたというわけだが、彼の目には僕をはじめとする警視庁の面々は頼りないことこの上なく映ったようで、初対面からそれは厳しくガンガンと突っ込まれた。

おかげで第一印象は最悪だったが、すぐにキースの仕事に対する徹底したプロ意識や、他人に厳しい以上に自身に対しても厳しい彼の生き方に対して尊敬の念を抱《いだ》くと同時に、一見無愛想でありながら実は思いやり溢《あふ》れるその人柄に、強烈に惹《ひ》かれていく自分を抑えることができなかった。

僕にとっては本当に幸運なことに、キースもまた、どこがよかったのかはわからないものの僕に好意を抱いてくれていたそうで、『blue rose』の一件をきっかけに、僕らは恋人同士となった。

とはいえキースはパリ、僕は東京と二人の生活拠点が離れているため、お互いの休暇のときのみそれぞれを訪ね、短い逢瀬《おうせ》を楽しむ以外は、電話やメールのやりとりしかできない、というのが現状である。

お互い多忙の身ゆえ休暇を取ることもままならず、今、改めて思い起こしてみると、キースと直接顔を合わせたのは三ヶ月前、メールのやりとりですらこのひと月というもの途絶えていた。

もうひと月もキースとwebを通してすら会話を持っていないのか、と気づいて愕然《がくぜん》となる。

そういえば最後にメールを出したのは僕のほうだった、と思い当たったとき、どきり、と変に胸の鼓動が高鳴った。ここのところ、多忙という言葉では言い尽くせないほどの忙しさだったために気づくのが遅れたが、今までキースから連絡が途絶えたことはなかったからだ。

僕が忙しかったように、キースもまた忙しかったのだろうか。しかし、もしも今回、『blue rose』の件で来日するのなら、事前に一言あってもよさそうなものなのに、と溜《た》め息《いき》をつきつつパソコンの画面を見やった僕の目に、新着メールが届いた表示が飛び込んできた。

丸山部長だろうと当たりをつけ、メールを開く。予想どおりメールは丸山からで、用件は先ほど本人が言っていたとおり、ＩＣＰＯの刑事の来日スケジュールについてだった。

明日到着か、と思いながら添付されている刑事のプロフィールを開く。

実を言うと僕は、そこに記されている名を、当然キースのものだと思い込んでいた。キースからは特に担当が変更になったという話を聞いていなかったからなのだが、実際開いたPDFファイルには、見も知らない金髪碧眼《へきがん》の外国人の写真が貼られていた。

「……え？」

どういうことだ、とプロフィールを見る。名前はクリストファー・レンドル、年齢は三十二歳とあり、略歴書はその一枚のみで、キースの名も写真もどこにも記されていなかった。

戸惑うあまり僕は思わず受話器を手にとりかけた。丸山に確認を取ろうとしたのだが、ダイヤルする直前に思い止《とど》まり再び受話器を下ろした。

「………」

丸山がミスなど犯すはずもないし、ICPOの担当が代わった事情など知るはずもない。電話をかけるべきは別の人間だ、と僕はさりげなく席を立ち、日中は滅多に人の出入りのない書庫へと向かった。

電気をつけ中を見渡し、無人であることを確かめたあと、携帯を取り出しキースの番号を呼び出す。

時差は、と、ざっと頭で計算し、電話をかけるには適した時間ではないと思ったものの、それでもかけずにはいられなくて通話ボタンを押した。

ワンコール、ツーコール——海外ゆえ、少し間延びして聞こえる発信音を暫《しばら》く聞いたが、キースが電話に出ることもなければ、留守番電話に切り替わることもない。

僕はそれから三度、キースの番号に電話をかけ、しつこいと思いつつも十回以上コールし続けたが、やはり応対には出てもらえなかった。

「……どうして……」

時間が時間、ということはある。が、どんな夜中であってもかかってきた電話を取りそこねるわけがない、それがキースだった。

何も僕からの電話には必ず出てくれるはず、などという惚気《のろけ》を言うつもりはなく、キースが電話というツールに必要以上といってもいいほどの優先権を与えているためだった。

緊急の用件だからこそ、電話を使う。その判断のもと、キースはどんな夜中に電話をかけても必ず応対に出た。捜査中等で出られないときには、最短のタイミングでかけ直してきた。

キースの携帯番号を知る人間は仕事関係者と、ごくごく限られた身内しかいないそうで、僕を含めたそれらの人間にはキースの電話に対するスタンスがしっかり浸透している。

キース側でも僕がそういう理解をしていることはわかっているはずなのに、その僕の電話に出ない。しかも留守番電話にもならない。一体どうしたことか、と僕はしつこいと思いつつ、もう一度キースの番号を呼び出し——無駄か、と気づいて携帯をポケットにしまった。

「…………」

同時に深い溜め息が口から漏れる。そのまま暫くその場で立ち尽くしていたのだが、こうしてはいられないとなんとか気持ちを立て直し、席へと戻った。

部長にメール拝受と返信をしたあと、電話が駄目なら、と僕はキースのアドレスに至急連絡が欲しいとメールを打った。これで返信すら来なかったら落ち込む、と思いながら、早くも詳細が届いていた、『blue rose』から犯行の予告状が届いたという展示会についての書類に目を通す。

真剣に読まなければと思うのに、気づけば僕はちらちらとパソコンの画面へと目をやっていた。新着メールが届けばすぐに開けるようにと立ち上げたままになっているメールの画面には、だが、僕の望むメールの返信が来る気配はなかった。

あまりに気が散るのでメールを最小化し、書類の中身を頭の中に叩き込む。今回の展示会は、旧華族の洋館を改築した有名なレストラン内で行われるとのことだった。

そう広い建物ではないから、警備の配置は楽そうだ、と思いつつ、図面を見、続いて式次第を見る。

その日、レストランとしての営業は休みとのことで、広いレストランフロアを展示会に開放する予定となっていた。

主催は会場となった屋敷のかつての持ち主であるもと華族の遠縁、かつ、最近上場し話題となった投資会社の社長だった。華族の遠縁といっても三度目の結婚となった妻が、それを本当に『縁戚』といっていいのかという程度の遠い遠い親戚であるというだけらしい。

上場したその会社の株価はとんでもない高額となったが、人間、富を手にすると次には名誉が欲しくなるというわけだな、と我ながら意地の悪いことを考えながら、予告状が来たという展示会の目玉、合計数千カラットになるというダイヤのティアラの資料を見る。

「……あれ？」

思わず声を漏らすほどの違和感に襲われたのは、そのダイヤの由来が、著名な宝石店があるハリウッド女優より注文を受け、結婚式用に作ったというものだったからだ。

怪盗『blue rose』が盗むのは、ローランドの父母がかつて所有していた品々のみであるはずだが、今回盗難予告の出たこのティアラはイギリスの貴族とは無関係のもののようだ。

どうしたことかと、暫し首を傾《かし》げたあと、もしや石の一つが該当するのかもしれない、と思考を切り替え、他の展示物にもざっと目を通した。

美術品、宝飾品、それぞれ十五点ずつ展示されるが、どれもこれも社長が最近買い求めたものばかりだった。

人気画家の絵もあるし、宝飾品も時価数億というものばかりだが、なんとなく成金趣味に思えるのは、それらの共通項が『人気の作家』『人気の品』でしかないためだと思われた。

将来値上がりするに違いないという意図のもと、集められたと思しき品々のリストを前に、やはり違和感を覚えずにはいられなかったが、それより今は、当日の警護について詳細を把握せねば、と早速現地へと出向くことにした。

この行動力は、去年キースが来日した際、初対面の彼に、警護する現場を実際見ていないのかと、散々呆《あき》れられたことが教訓となっているためだった。

確かに警察学校をトップの成績で卒業したものの、ともすれば机上の空論に陥りがちだった僕の欠点を、キースは出会った瞬間に見抜き、ずばずばと指摘してきた。

正直むっとはしたが、彼の言葉はすべて正論である上に、僕の成長を促そうという意図の下、厳しいことを言ってくれているとわかってからは、腹の立つこともなくなった。

彼と出会い、警察官としても、そして人間としても、かなり成長できたのではないかと思う——が、それはさすがに手前味噌《みそ》すぎるか、と僕は一人肩を竦《すく》めると、資料を手に覆面パトカーへと向かったのだった。


レストランの支配人に警察手帳を見せ、営業の邪魔にならないよう、一通り中を見せてもらったのちに、そろそろ時間となったため、その足で成田空港へと向かった。

実際自身の目で見た感じでは、旧華族の洋館とはいえ、すぐ前は国道だし、広大な庭があるわけでもないし、といった状態で、洋館の周囲だけを固めれば『blue rose』が現れたにしても退路を断つのは容易ではないかと思われた。

油断は禁物だが、『blue rose』お得意のヘリコプターを活用することもできなさそうだし、

『秘密の通路』も存在し得ないことが今回実際現地にいってみてわかった。

もしもあの場に『blue rose』が姿を現せば、かなりの確率で——否、百パーセント取り押さえることができるだろうという確信を抱きつつ、僕は成田空港の到着ロビーで、ICPOの刑事の到着を待っていた。

ひっきりなしに開いていた自動ドアから、ようやく金髪の男が現れる。写真で見たクリストファー・レンドルという刑事に間違いない、と僕は彼へと駆け寄った。

「レンドル刑事ですか？」

「やあ、ピックアップにきてくれたのかい？」

フランス語で問いかけた僕に対し、にこ、と微笑み口を開いた、その金髪の外国人の発した言葉は日本語だった。

「……日本語が堪能《たんのう》でいらっしゃいますね」

そういやキースもペラペラだったな、と思いつつそう言うと、その外国人は——クリストファーは「ああ」と笑って頷き、僕に右手を差し出してきた。

「はじめまして。クリストファー・レンドルだ。君はもしや、リョーヤじゃないか？　リョーヤ・ツキシロ……そうだろう？」

「ええ？」

レンドル刑事の名はICPOから連絡があったので、僕も勿論把握していた。が、今日、僕が迎えに行くことを果たして上層部がＩＣＰＯに連絡していたか――タイミング的にレンドル刑事は既に機上の人だったのではないか、と、戸惑いの声を上げた僕は、続く彼の言葉に今度は驚愕の声を上げることになった。

「驚かせてすまない。キースから聞いたのさ。警視庁には東洋の真珠とも言うべき美貌《びぼう》の青年がいると」

「……キース……が？」

唐突に出てきたキースの名に、僕の胸は高鳴り、声が裏返ってしまった。

「ん？」

どうした、というようにクリストファーに顔を凝視され、はっと我に返ると同時に慌てて頭を下げる。

「失礼しました。月城涼也《りょうや》です。よろしくお願いします」

「ああ、よろしく。僕のことはクリスと呼んでくれ、リョーヤ」

クリストファーが――クリスがにっこり笑って右手を差し出してくる。

「わかりました。クリス」

その手を握り返すと僕は、彼が左手で引いていたカートへと手を伸ばした。

「車までご案内します」

「君の白魚のような指に無骨なトランクは似合わない。自分で持つよ」

だがクリスは僕にカートを渡そうとせず、ぱちりとウインクをしたかと思うと、そんなふざけたことを言い、「こっちかい？」と先に立って歩き始めてしまった。

「あ、はい」

慌てて駆け足になり、彼と並んだ僕に、クリスが実にフレンドリーに話しかけてくる。

「それにしても噂《うわさ》に違《たが》わぬ美人だね。君のおかげで日本滞在が楽しくなりそうだ」

「……ご冗談はおやめください」

男に対して『美人』というのは誉《ほ》め言葉ではないと思う。『白魚のような指』もしかり、と、少々むっとはしていたものの、僕にはクリスに聞きたくてたまらないことがあった。

「冗談のわけがない。まさかと思うけれど君は自分の美貌に自覚がないの？」

クリスが心底驚いた、というように目を見開く。その話題を打ち切りたくもあり、僕は彼の問いには答えず逆に質問を投げかけた。

「あの、先ほど名前の出た北条刑事ですが、彼は今回、来日しないのでしょうか」

「キースが来日？　なぜ？」

と、またクリスが心底驚いたように目を見開く。何を驚いているのだ、と内心首を傾げつつ、

「北条刑事も『blue rose』のご担当ではないのですか？」

と問い返した僕は、返ってきたクリスの答えに愕然としたあまり、周囲が驚くほどの大声

を上げてしまったのだった。

「キースなら担当を代わったよ。今は僕が『blue rose』の担当だ」

「なんですって？　そんな馬鹿な！」

「馬鹿？」

足まで止まってしまった僕の顔を、クリスが不思議そうに覗《のぞ》き込んでくる。

「何が馬鹿なの？」

「し、失礼しました」

馬鹿は自分だ、と慌てて詫び、頭を下げながらも、僕は自身の動揺を抑えることをどうしてもできずにいた。

「あの、いつ担当を代わられたのですか？」

再び歩き出しながら、僕はできるだけさりげない口調となるよう気をつけつつ、クリスにそう問いかけた。

「三ヶ月ほど前になるかな。キースは欧州で頻発しているテロの対策部隊に引っ張られたんだ。その後任が僕というわけ……だが、それが何か？」

にこやかに笑いながらクリスは答えてくれたが、彼の目にはありありと不審の色が浮かんでいた。

「いえ、なんでもありません」

三ヶ月前ならまだ、キースとは連絡を取り合っていた。なのに彼の口から担当変更の話題が出たことはなかった。ますます衝撃を覚えながらも、それを態度に出すわけにはいかないと、僕は無理矢理笑顔を作り、話題の転換を試みた。

「ところで、これからどうされますか？　会場へと向かわれますか？　それとも警視庁に？　ご滞在予定のホテルに先に荷物を運ばれますか？」

既にチェックインはできるようですが、と問うと、クリスは実に満足そうに頷いてみせた。

「まずは会場を見たい。準備を整えていてくれたとはありがたいな」

「わかりました。それでは会場に向かいましょう」

準備を整えることができたのは、去年叱責《しっせき》してくれたキースのおかげだった、とまたもキースへと思いを馳《は》せかけていた自分を、今はそんな場合じゃないだろうと律し、僕はクリスを伴い広い空港ロビーを出口目指してきびきびと歩き始めた。

会場視察が終わるとクリスが警視庁に顔を出すと言うので、丸山部長のところに連れていった。

丸山の前でクリスはなぜか僕のことを不自然なくらいに持ち上げてくれ、いたたまれなさから僕はその場を辞したいくらいの気持ちに陥った。

「ともあれ、月城刑事のような優秀な方にサポートいただけるのは大変ありがたい。まさに『鬼に金棒』です」

「ええ、月城は優秀である上に、『blue rose』と長時間接触した経験もあります。必ずICPOのお役に立てると思われます」

その上、丸山が臆面《おくめん》もなくそんなことを言い出すものだから、ますますいたたまれない状態となる。

「『blue rose』と接触を……それは頼もしい！」

クリスが目を見開き、まじまじと僕を見る。

「彼は変装の名人とも言われていますが、長時間一緒にいたのであれば、たとえ変装していたとしても見抜くことができますね」

「……それは……」

『blue rose』が――ローランドが変装の名人であるという記載は、僕が見た資料の中にもあった。が、実際僕が顔を合わせた『blue rose』は『ローランド』のみで、変装した彼には会ったことがない。

輝くばかりの美貌の持ち主であるローランドが、いかなる変装のスキルを持っているのか、まるで把握していない、と僕は正直に申告しようとしたが、既にクリスは自身の発した問いに関する興味を失っていたようだった。

「それでは早速、警護のプランを立てましょう。会場を見た感じでは『blue rose』は現れたとしてもあのレストランからの逃亡は不可能に近い。なので出現を狙い、退路を断つというプランが最も有効なのではないかと思う。君はどう思う？」

「あ、はい」

早くも実務に関する話題に戻ったことに身の引き締まる思いがしつつも、それまでに考えていた警備のプランをクリスと丸山に説明した。

「素晴らしい。漏れがまるでない。是非そのプランで行こう！」

まずクリスが感嘆の声を上げ、続いて丸山が「いいんじゃないか」と満足げな笑みを向けてくる。

それからクリスを加えた三課の皆で警備の詳細を詰め、プランが固まった。その時点で既に時刻は十九時を回ってしまっていたので、僕がクリスをホテルまで送り届けることになった。

警視庁近くの外資系のホテルをクリスは気に入ってくれたようで、礼を言われたあと夕食に誘われた。

「『blue rose』についての情報交換をしよう」

加えて展示会の警備についても詰めたい、と言われては断ることができず、課長の了解をとったのちに付き合うことになった。

「何か召し上がりたいものはありますか？」

やはり和食だろうか、と思いつつ、希望を聞くと、

「適当にルームサービスで頼もう」

と、早くもメニューを捲《めく》りはじめた。

「店での会話は誰に聞かれるかわからないからね」

「……そうですね」

実は僕は彼から食事に誘われた際、情報交換したいという言葉自体は勿論嘘ではないだろうが、半分くらいは建前なのではないかと――言い方は悪いが、警視庁に対し暗に食事を要求してきたのではないかと思っていた。

というのも、時折海外の警察組織の人間が視察の名目で来日するのだが、そういった場合には常に『接待』としかいいようのない食事や観光が用意され、また、受ける側もそれを当然としている風潮があるからだった。

同じように判断して悪かった、と心の中でクリスに詫びる。彼の前任であるキースも『接待』とは無縁の男だったものな、と思い起こした僕の胸に、ずきりと深い痛みが走った。

食事のときにキースの話題を出してみようか。彼にとっては同僚だし、そう不自然でもないだろう。だが何を聞く？　彼の近況か？　聞いてもし、キースは特別忙しいわけでもない

と——一ヶ月もの間、連絡を取れずにいるほど多忙ではないと知らされたらどうする？　それどころか、新しい恋人ができたと言われたら？

立ち直れないだろうな、と溜め息が漏れそうになるのを、きゅっと唇を引き結んで堪えると、僕は、

「それでは注文しますね。お決まりですか？」

と無理やり作った笑顔を浮かべクリスに問いかけた。

クリスが松花堂弁当を頼んだので、僕も同じものを注文することにした。飲み物を聞くとビールを飲みたいというので、それも注文する。

そう混雑していなかったのか、ルームサービスはすぐにやってきて、僕らはボーイがしつらえてくれたテーブルに向かい合わせに座り、ビールで乾杯した。

「『blue rose』の逮捕に」

乾杯、とグラスを差し出してきたクリスに「そうですね」と頷きグラスを合わせる。これから『blue rose』に関する話題が始まるのだろうと考えると変に緊張してきてしまっていた。

というのも、『blue rose』——ローランドと僕との因縁は、とても『包み隠さず』伝えられる種類のものではなかったからだ。

嘘か誠か、ローランドは僕に恋に落ちたと言い、結局裏をかかれて盗まれてしまった『幸

福な花嫁の涙』をなんと僕に送りつけてきたのだった。

勿論、そのネックレスは持ち主であるバロア卿に返却したが『blue rose』騒動でそれが盗品であったことが明らかになったため、バロア卿はネックレスを日本の美術館に寄贈し、今は一般公開されている。

そのあたりのことを突っ込まれると答えようがないだけに困るな、と案じていたのだが、実際食事が始まってみるとその『心配』は裏切られた。

「ところでリョーヤ、君、恋人はいるのかい？」

「家族構成は？」

「流暢《りゅうちょう》なフランス語を話していたけれど、フランスに来たことはあるのかな？」

『blue rose』について情報交換したいということだったのに、蓋《ふた》を開けてみればクリスの問いかけはすべて、僕に関することになっていた。

話が違う、と主張したかったが、それでは、と話題が『blue rose』と僕とのかかわりになってしまうと困る、という後ろめたさもあってそれもできない。

結局、彼の質問に答えているだけで食事の時間は終わったのだが、「それでは」と僕が部屋を辞そうとすると、クリスはアルコールを飲もうと誘ってきた。

「申し訳ありません。明日も早いので」

食事のときに出なかった話題が、酒の席で出るわけもない。そう判断し、僕は丁重に頭を下げ、クリスの部屋を辞そうとした。

「わかった。それじゃ、また明日」

クリスがにっこりと微笑み、すっと右手を差し出してくる。握手か、と僕も右手を伸ばした、その手をいきなり握られ、はっとし彼を見やった。

「おやすみ、リョーヤ」

にっと微笑みながらクリスが握った僕の手を彼の口元へと持っていく。ぎょっとして手を引くと、クリスは楽しげな笑い声を上げた。

「ただのジョークさ。それじゃ、また明日からよろしく頼むよ」

「……こちらこそ」

何がジョークだ、まったく笑えないじゃないかと内心悪態をつきつつ、それでも顔には笑みを浮かべ、僕は彼の部屋をあとにした。

もとより人付き合いがそう得意ではない僕は、初対面の相手と仕事を離れたところで話をするのが苦手だった。

クリスは陽気なパリジャンといった感じで、話し上手だったし聞き上手でもあったが、最後のくだらないジョークを差っ引いてもやはり疲れた、と溜め息をつきつつ帰路に就く。

そう遅い時間でもなかったが、地下鉄に揺られて帰る気にもなれなかったのでタクシーで帰ることにした。

客待ちをしていた車に乗り込み、官舎の住所を告げると僕は、シートに深く沈み込み、はあ、と大きく息を吐いた。

食事の際にビールを飲んだ程度だったが、あまり酒には強くないので、普段以上の倦怠感《けんたいかん》が身体《からだ》に満ちていた。

今日はもう寝て、明日、いつもより早く出勤しよう、とまたも大きく息を吐いた僕の脳裏にキースの顔が浮かぶ。

もしや、と携帯を取り出しチェックしたが、不在着信はゼロだった。メールもチェックしてみて、キースからの返信がないことを確かめる。

「…………」

どうして電話もメールも返信がないのか。電話一本、メール一本打てないほど彼は多忙なのだろうか。

どれだけ多忙であっても、メールくらいは打てそうなものだ。それができないのは、と可能性を考え始めた僕の頭に、あまり想像したくないケースが次々浮かぶ。

テロ対策部隊に担当替えになったということだったから、もしやテロリストの組織に潜入しているとか？

だから携帯もメールもできないのではないか？

潜入しているのならまだしも、テロリストに捕獲されていたとしたら？　命の危険に晒《さら》されているからこそ、まったく連絡が取れないのでは？

「………違うな……」

ぽつり、と僕の口からその言葉が漏れた。

「お客さん？」

それを、『道が違う』という意味に取ったらしいタクシーの運転手がミラー越しに僕を見る。

「すみません、なんでもありません」

慌ててそう言い、その後腕組みをして目を閉じたのは、これ以上運転手と会話を持ちたくなかったためだった。そうと察してくれたと思《おぼ》しき運転手は返事もせず、再び車内に静寂が訪れる。

閉じた瞼《まぶた》の裏には、キースの精悍《せいかん》な顔が浮かんでいた。昨日今日、連絡が途絶えたというわけじゃない。それを僕は忘れていた。

キースから連絡が途絶えたのはひと月も前だ。一ヶ月間も『危機的状況』が続くなんてあり得ない。キースが連絡してこないのは、『してこられない』のではなく彼の意志で『しない』、もしくは『しなくていいと思っている』または『したくない』のだ。

そうじゃなきゃ、せめて担当が代わったということくらい、教えてくれるだろう、と思う僕の口から、大きな溜め息が漏れた。

行動には気持ちがストレートに表れる。なぜキースが僕との連絡を絶ったのか。それはいかなる彼の『気持ち』の表れなのか。

結論を出すのが怖くて思考を続けることができず、僕は目を開いて車窓の外を流れる街灯の光を見やった。次々と後ろへと流れていく光の残像が目眩《めまい》を呼び起こしたため再び目を閉じる。

家に着いたらまた酒を飲もう。こんな気持ちじゃ眠れない。明日から本格的な『blue rose』対策が始まるというのに、寝不足のぼんやりした頭では警備の穴を見過ごしてしまうかもしれない。

だがあまり飲み過ぎないことも大事だ。二日酔いもまた、思考が鈍る、と、僕は、できるだけキースに関することから思考を遠ざけ、ほとんどどうでもいいことを考えながら車中の時間を過ごした。

官舎に到着し、金を払って車を降りる。買い置きのビールがなかったので、近所のコンビニまでわざわざ出向き、無駄なことをしているなと気づいて溜め息をついた。最初からコンビニ前で車を降りればよかったと今になって気づいたからだ。

こんな二度手間、プライベートに関することだからいいが、それこそ仕事で同じようなことをしたら、問題が発生するに違いない。しっかりしなければ、と自らにカツを入れつつ、コンビニのビニール袋を下げとぼとぼと官舎へと引き返した。

鍵を開け、中に入る。次に部屋の明かりをつけるまで、僕はまったく違和感を覚えていなかった。

なので、ぱっと明かりが点《つ》いたと同時に、いきなり目に飛び込んできた光景には驚いたあまり、ビールの入ったコンビニのビニール袋を床に落としてしまったのだった。

というのも、無人のはずの室内にいたのは——。

「やあ、リョーヤ」

蜜《みつ》でも塗っているかのような美しい金髪に、澄んだ湖面を思わせる青い瞳。僕が今まで出会った中で、最高の美貌の持ち主だと断言できる彼が——怪盗『blue rose』が僕の部屋のソファのにすっかり寛《くつろ》いだ姿勢で腰かけ、僕に笑顔を向けていた。

「な……っ」

その瞬間、僕の頭に浮かんだのは、自分が夢を見ているんじゃないかという、警察官にあるまじき現実逃避だった。

「久し振りだね、リョーヤ」

呆然《ぼうぜん》と立ち尽くす僕の前で、ローランドが立ち上がり、ゆったりした歩調で歩み寄ってくる。

「おや？　ビールかい？　落としてしまっては、プルトップを上げるときに泡が出そうだね」

くすりと笑われたことで、ようやく僕は、ぼんやりなどしている場合じゃない、と我に返った。

「止まれ！　どうしてこの部屋に入れた？」

厳しい声を上げ、ローランドを睨む。が、ローランドには僕の睨みなど、少しも応《こた》えないようだった。

「君に会いたかったから……それじゃ答えにはならないかな？」

優雅に微笑み、尚《なお》も近づいてこようとする。彼には僕が丸腰であることも見抜かれていそうだった。

僕はもとより武術がそう得意じゃない。加えて体格的な差もあり、素手でローランドに立ち向かい、彼を捕獲できるかとなると、不可能に近いものがあった。

しかし目の前に『blue rose』がいるというのに、みすみす見逃すこともできず、無駄と思いながらもローランドの隙を突こうと、自ら彼に一歩踏み出す。

「リョーヤ、怖い顔をしないでくれ。今日は話をしに来たんだ」

と、ローランドが苦笑し肩を竦めた。

「……話？」

そんなリラックスしている素振りでありながら、『隙』というものがまるでない。所詮《しょせん》はかなわない相手ということか、と諦《あきら》めそうになりはしたが、そんなことでどうすると己を叱《しっ》咤《た》し、僕はローランドを睨み付けた。

「話というのはなんです？　沢木邸での展示会のことですか？」

「それもある……が、まずは座らないか？　立ったままではゆっくり話もできない」

ローランドはそう言うと、くるりと踵《きびす》を返しそれまで彼が座っていたソファへと戻っていった。

「飲み物は？　ビール？」

どさりとリラックスした様子で腰をかけ、にっこりと微笑みかけてくる。

「…………」

どうするか、と僕は暫しその場に佇《たたず》み、ローランドを睨み付けた。

僕と彼とでは、身体能力も頭脳も非常に差がある。それは以前、彼と対峙《たいじ》した経験から学んでいた。

一年前、僕は常に彼の掌《てのひら》の上で転がされてしまっていた。一瞬でもローランドを出し抜くことができたのは、キースがいたからこそだ。

そのキースがいない今、ローランドと対等に渡り合おうなどということは端《はな》から無理なのだ、と諦め、僕もまた、ローランドの座る向かいのソファへと腰かけた。

「せっかく買ってきたんだ。ビールを飲もうか」

ローランドがにっこり笑って立ち上がり、僕が床に落としたままになっていたコンビニのビニール袋を拾い上げる。

「グラスは……いらないか」

そう言い、ローランドが僕にスーパードライの缶を差し出してきた。

「…………」

受け取るかどうするかを一瞬悩んだが、自分の買ってきたものだし、と手を伸ばし缶を受け取った。

「僕もいただこう」

ローランドもまた一缶を取りだし、僕に示してみせる。

「乾杯しないかい？　再び出会えたことを祝って」

微笑みながらそう告げたローランドだったが、ぷしゅ、とプルトップを上げたときにビールが溢れてきたため、

「おっと」

と微《かす》かに目を見開いたあと、その目を僕へと向けてきた。

「しまったな。自分で揶揄《やゆ》しておいてすっかり忘れていた……それだけ僕が浮かれているということなんだが」

「浮かれる？」

意味がわからない、と問い返した僕に、ローランドがぱちりと、それは魅惑的なウインクをして寄越した。

「……っ」

思わず息を呑《の》んだ僕へと身を乗り出し、ローランドが缶ビールを差し出す。

「乾杯」

「…………」

ローランドはおそらく、自分の魅力をすべからく把握しているのではないかと思う。これだけの美貌の持ち主であるので当然なのかもしれないが、どの表情も、そして仕草も思わず見惚《みと》れてしまうほどに絵になっている、と気づけばそれこそ『見惚れて』ぼんやりしてしまっていた僕は、ローランドにビールの缶をぶつけられ、またもはっと我に返った。

「あの……」

こうして向かい合わせでビールなど飲んでいる場合じゃない。一体彼の来訪の目的はなんなのだ、と、僕はビールをセンターテーブルに下ろすと、キッとローランドを見据えた。

「なに？」

またもローランドが、自身の魅力をこれでもかというほど発揮した笑みを向けてくる。もう誤魔化されないぞ、と僕は彼をきつく睨みながら来訪の目的を問うた。

「何をしにいらしたんです？　予告状の件ですか？」

「予告状……ね」

と、ここでなぜかローランドが、苦笑というに相応《ふさわ》しい笑みを浮かべ、肩を竦めてみせた。

何か言いたげだ、と察したと同時に、抱いた疑問を思い出した。答えてくれるかはわからないものの、聞くだけ聞いてみるかとローランドに問いかける。

「今回のティアラをなぜ、盗もうとしたんです？　使われている宝石が、その……」

亡くなったご両親のものだったのか、と言葉を続けようとしたのだが、僕の声はローランドが嬉しげに叫んだ言葉にかき消されてしまった。

「リョーヤ、よく気づいてくれた！　やはり君は僕が考えていたとおりの人だ！」

「……え？」

意味がわからず問い返した僕の手を、ローランドが握り締めてくる。

「な、なに……？」

「あのティアラは僕の家とは――モリエール家とは縁もゆかりもないものだ。僕があんなものを盗むわけがない」

「…………」

憤っているとしかいいようのない、厳しい語調で言い捨てたローランドを前にする僕の頭に、もしや、という考えが閃《ひらめ》いた。

「あなたはあの予告状を……出してない？」

問いかけた僕に対し、ローランドがきっぱりと首を縦に振る。

「ああ、出していない。あれは偽者の仕業だ」

「偽者⁉」

大きな声を上げてしまったが、ローランドの発言は実は予想したものだった。しかし、本当に『偽者』なのかと、僕はまたもまじまじと彼を見据えてしまっていた。

「ああ、偽者だ。ここ数ヶ月の間、僕の偽者が頻繁に出没しているんだ」

ローランドが真剣な眼差《まなざ》しを僕へと向けてくる。見つめ合う形になったが、彼の表情からも、そして声音からも『嘘』は感じられなかった。

しかし百パーセント信頼できるかというと、相手が『怪盗』であるだけにそうとはとても思えず、いくつか確認を取ろうと僕は思いつくままに質問を始めた。

「偽者だというその根拠は？」

「君も気づいた盗難物についてだ。我がモリエール家とはまるで無縁の、ただ高額であるというだけのものが盗まれている。僕の目的は、リョーヤ、君には以前話しただろう？　そんな、ただ高価だという理由だけで人様のものを盗むことはしないよ」

「…………」

ローランドの言葉には、これでもかというほどの説得力があった。以前キースから見せてもらった『blue rose』の資料にも、理由なき盗難は一点たりともなかったように思う。

気持ち的にはローランドに信頼を寄せていた。が、彼には何度も裏をかかれた経緯があるため、信頼しきることはできなかった。

その思いが顔に出たのだろうか、ローランドはまた苦笑をその端整な顔に浮かべると、僕に向かって身を乗り出してきた。

「信じろと言っても、容易に信じてもらえるとは考えていなかったからね。ここで我々の知り得た情報を提示しよう」

「…………はあ……」

ローランドが不機嫌になった気配はなく、彼は笑顔のまま上着の内ポケットから取り出した紙片を僕へと示してみせた。

「この三ヶ月間、偽『blue rose』が盗難したもののリストだ。中にモリエール家にかかわる品はなく、盗難後にオークションにかけられたものが内、三つある」

「オークションに？」

そんな話は聞いていない、と目を見開いた僕にローランドが、

「ああ、盗品専門のオークションがあるのさ」

と笑い、紙を捲ってみせた。

「主催は中国人だ。金はあるがモラルに欠ける連中を集めて会員にし、二月に一度香港で開催している。そこに出品され、中東の富豪が十億で落札したのが一月前に盗難にあったこのブレスレットだ。また、三週間前に盗まれたルノアールの絵は、海外へと持ち出される前に警察に押収された。ＩＣＰＯではオークション主催の中国人を追及しているが、何人もが仲介しており偽『blue rose』には辿《たど》り着けていない……が、我々はごくごく近いところまで到達した。そして驚くべきことを知ったのさ」

そう言い、笑ったローランドの顔には、どこか皮肉めいた色が浮かんでいた。

「驚くべきこととは？」

その表情にはいかなる意味があるのかと、内心首を傾げつつ問いかけた僕は、僕の問いに答えることなくローランドが続けた言葉に、仰天したあまりまた大きな声を上げてしまったのだった。

「ところで君の恋人——あの切れ者のICPOの刑事、確か名前はミスター・北条だったか。彼、『blue rose』の担当から外されただろう？」

「なんですって!?　どうしてそれを……っ」

思わず身を乗り出し、問い詰めようとしてしまったが、ローランドに、にやりと笑われ、自分が行動で『YES』と答えてしまったことを悟った。

「…………」

はめられた、とローランドを睨む。と、彼は笑って、

「怖い顔も綺麗《きれい》だね」

などとふざけたことを言ったあと、不意に真面目な表情となり、話を再開した。

「別に探りを入れようとしたわけじゃない。逆さ。ミスター・北条が担当を外された理由を君に教えてあげようと思ったんだ」

「……どういうことです？」

クリスは単に担当変更としか言ってなかったが、ローランドは故意に『外された』と表現した。その理由はなんだ、と問いかけた僕にローランドは、また一瞬、ふっと微笑んでから、

改めて口を開いた。

「我々がごく近くまで辿り着いた偽『blue rose』の関係者というのが、実はICPOの幹部だったんだよ」

「なんですって⁉」

一体僕は今日、この『なんですって』を何回叫んだことだろう。馬鹿の一つ覚えと揶揄されても仕方のない語彙《ごい》のなさであるが、それほどにローランドの話は驚きの連続だった。

「我々も不思議に思っていたんだ。偽者の『blue rose』は、盗難するものこそ僕の目的物からは外れているが、行動のいちいちがなんとも僕らしい。余程『blue rose』についての情報に通じていなければ知り得ない行動が多々見られるのはなぜかと思っていたが、ICPOの幹部が関わっていたとなれば納得できる。我々についての情報を最も収集しているのはICPOだからね」

「そんな……」

信じられない、と思わず漏らした僕に近く顔を寄せ、ローランドがにっこりと、青い瞳を細めて笑う。

「信じがたい君の気持ちはわかる……が、だからこそ、ミスター・北条は担当から外されたんだ。彼のような優秀な男であれば、見破られると判断した、その結果だよ」

「……あ……」

そういうことか、と僕はローランドを見返した。

「なんということはない。今回の『blue rose』騒ぎも、ＩＣＰＯの自作自演ということさ」

ローランドはそんな僕に対し、肩を竦めてみせたあとに、更に顔を近づけ、こそりと囁《ささや》いてきた。

「あのレンドルという名の刑事もまた、偽『blue rose』に加担している一味の一人だ。彼は当日の警備の状況を百パーセント把握する立場だからね。おそらく今回も予告状が来たティアラは盗まれ、売り捌《さば》かれることだろう。彼らの私腹を肥やすために」

「………そんな………」

もう何も言葉が出てこない。ローランドの前で僕は、声を失ってしまっていた。

ＩＣＰＯの上層部の人間が、自らの懐に金を入れるために『blue rose』の偽者を仕立て上げ、盗難を繰り返している。

とても事実とは思えないが、ローランドの言葉にはこれでもかというほどの説得力があった。

その最大の要因は、キースの担当替えだった。確かに彼ほどの高い能力の持ち主であれば、偽『blue rose』の黒幕が誰であるか、すぐに見抜くことだろう。

加えてキースの代わりに担当となったクリスが、日本語こそ堪能ではあるが、能力的に優れているかとなった場合、首を傾げずにいられないというのもまた、事実だった。

『blue rose』についての情報交換をしたいと言っておきながら、その話題をまったく出さなかったのも怪しい。

だからといってローランドの言葉をまるまる信じていいものか、僕はそこを悩んでいた。

「まだ信用してもらえないかな？」

僕の心を読んだかのようなことを言い、ローランドが苦笑してみせる。

「君の信頼を得たい。そして協力してほしい。偽の『blue rose』を捕らえるために」

「ええ？」

またも驚くべき発言をするローランドを前に大きな声を上げた僕に向かい、ローランドは頷いたあとに、さらに一枚、紙を捲った。

「あ……」

それは来週、展示会が行われる予定の旧華族の館のレストランの図面だった。驚きの声を漏らした僕に、ローランドは実に淡々と発言を続けていった。

「僕が予想する警察の警備プランはこうだ。建物周辺に五十名、加えて国道、最寄りの地下鉄駅にも人員を配置し、逃げ道を塞《ふさ》ぐ。どうだい？　だいたい当たってるんじゃないかな？」

「…………」

ローランドの問いかけに対し、答えに詰まったのは、まさに僕が考えたとおりのプランがそこに描かれていたためだった。

無言こそが肯定と取ったらしいローランドが満足げに頷くと、図面の公道側を指差した。

「おそらく今後、レンドルは警備の配置を変更するようにと要請してくるだろう。もっともらしい理由をつけてね」

「……え……？」

何を言い出したのだ、とローランドを見返す。と、ローランドはまた、にっこりと見惚れるような笑みを浮かべ、ごくごく日常的なことを話すかのような淡々とした口調で言葉を続けた。

「偽『blue rose』の逃げ道を作るためだよ。おそらく彼の配慮で、ティアラを盗んだ奴らは検問も通過するだろう。偽者を展示会場に招き入れるのもレンドルだ。君たち警視庁の目を盗んで」

「……そんなことはさせません」

ローランドの話が真実である保証はない。が、もしも彼の言うとおり、ＩＣＰＯが偽『blue rose』の犯罪に加担しているのだとしたら、それをなんとしてでも阻止するのが我々警察の務めだ。

ＩＣＰＯから派遣されているのはクリス一人。主導権を日本側がとると強硬に主張すれば、彼に好き勝手させずともすむだろう。

よし、と拳《こぶし》を握り締めていた僕はその瞬間、ローランドの存在を忘れていた。なのですっと伸びてきた手にその拳を握られたときには心底驚き、乱暴に彼の手を振り払ってしまっていた。

「ああ、失敬。いきなり手を握るのは失礼だったかな」

ローランドがくすりと笑いながら、すっと右手を差し伸べてくる。

「…………」

何がしたいのだ、と訝《いぶか》りその手を見ていると、

「手を」

とローランドが微笑み、さあ、というように更に手を差し出した。

「手？」

「握手をしたい」

「握手？」

なぜ、と問い返した僕にローランドは相変わらず手を差し出したまま、思いもよらないことを言い出した。

「一時休戦といかないか？　偽『blue rose』を逮捕するために、今回は手を結ぼうじゃないか」

「ええ？」

驚きの声を上げた僕にローランドは、それは切々と訴えかけてきた。

「僕は確かに犯罪者ではあるが、犯してもいない罪をかぶる不名誉は耐え難い。だからこそ、僕の偽者がいたということを世間に公表したいんだ。ＩＣＰＯが関与していることも白日の下に晒したい。そうでもしなければたとえ『blue rose』が偽者であることがわかったにしても、おそらく真相は闇から闇へと葬られてしまうだろうからね」

「……それは……」

確かにローランドの言うとおり、ＩＣＰＯが隠蔽《いんぺい》工作に走る危険はある。だが、だからといって彼と手を組むのは、と僕は躊躇《ちゅうちょ》してしまっていた。

「正義のためだよ、リョーヤ。僕と協力し合い、偽『blue rose』を逮捕しよう。僕らが手を組めば必ず、偽者を出し抜くことができる。決断してほしい。さあ」

尚も熱っぽく訴えかけながら、ローランドが僕の目の前に手を差し出す。

この手を取るべきか。取らざるべきか——警察官としては、断固拒絶するのが正しい選択だろう。

色々事情はあるとはいえ、ローランドは彼自身も言っていたが『犯罪者』だ。彼と手を取り合うことなど、警察官の僕にできようはずもない。

だが、もしもローランドの言うとおり、偽『blue rose』にＩＣＰＯが深く関わっていたとしたらどうだろう。それを上に——丸山部長に訴えたところで聞く耳を持ってもらえる保証はない。

いや、百パーセント訴えは握りつぶされるだろう。内容の真偽にかかわらず、警察組織の不正を、国は違えど同じ警察組織が暴くわけがないのである。

あくまでもローランドの言葉を信じたとしてだが、ＩＣＰＯが関わっているとなると、今後も偽『blue rose』による盗難事件は続いていくことになろう。

何より正義を重んじる警察官としては、偽『blue rose』を放置することはできない。一体どうすればいいのか、と僕は、目の前に出されたローランドの手を見つめることしかできずにいた。

「……わかった」

どのくらいそうしていただろう。待ちくたびれたのか、ローランドが溜め息混じりにそう言い、すっと手を引っ込めた。

「あ……」

思わず声を漏らしてしまったのは、『協力しない』という選択をされたと思ったためだった。

その選択が正しいか否かわからないのに、と唇を噛《か》んだ僕の肩を、ローランドがぽんと叩き、口を開く。

僕はてっきりローランドは、『残念だ』等の言葉を言うものと思い込んでいた。が、彼の発言は、予想とはまるで違うものだった。

「ひとまずは退散しよう。なに、即座に断られると思っていたから、それだけ迷ってくれて嬉しかったよ」

嬉しかった、と言ったときのローランドの顔は本当に嬉しげだった。

「……あの……」

やはり彼の言うことは真実なのではないか、という思いが僕の口を開かせる。が、やはり『協力する』という言葉はどうしても告げることができなかった。

「また来るよ。そうだな、ＩＣＰＯのレンドル刑事が動き出す頃に」

ローランドはそう言うと、「え？」と僕が聞き咎《とが》めるより前に立ち上がり、颯爽《さっそう》とした足取りでドアへと向かっていった。

「レンドルが、警備の配置替えを申し出てきたら——僕の言葉にも信憑性《しんぴょう》が増すだろう？」

ドアを出る直前、ローランドは振り返って、呆然とするあまりソファに座り込んだままでいた僕にそう言い、パチリとウインクをして寄越した。

「……待ってくれ……っ」

「また会おう」

今更ながら、彼をこのまま帰していいのかという考えが——即刻逮捕すべきなのではないかという、警察官としてはまっとうな考えが芽生え、慌てて立ち上がりあとを追おうとしたが、そのときにはもうドアは閉まっていた。

駆け寄り、玄関へと向かった僕の目の前で扉が閉まる。

「…………」

本来であればすぐにもあとを追いかけ、逮捕は無理でも居場所をつきとめようとするくらいの努力はすべきだろう。頭ではそうわかっていたが、結局僕は靴を履くこともなく、その場にへなへなと座り込んでしまっていた。

頭が酷《ひど》く混乱している。ローランドから聞いた話が、ぐるぐると中で巡っていた。

『blue rose』の偽者が出現したこと。その偽者がなんと、ICPOとかかわりが深いということ。来日したレンドル刑事もまたその一味の一人であり、偽『blue rose』の行動をサポートする側に回っているということ。

何一つとってみても『馬鹿な』と言い捨てたい内容ではあった。ICPOの上層部や刑事が、盗難事件にかかわっているなど、常識では考えられないだろう。

しかし、それでも僕がローランドの話の中に信憑性を見出《みいだ》してしまったのは、僕自身が今回の『blue rose』の犯行予告に疑問を覚えていたためだった。

そしてもう一つ——キースが担当を外された理由に、この上ない信憑性を感じてしまったからである。

そんな理由でもなければ、キースが担当を外れるわけがない。かなりのところまで追い詰めはしたものの、結局取り逃がすことになったローランド逮捕に対するキースの情熱は、計り知れないものがあった。

それだけの情熱を抱いている彼の——そして優秀さにおいては他に抜きんでているであろう彼の不在は、『blue rose』逮捕に関しては著しいマイナス要素となろう。

だが、その『マイナス要素』を期待し、ＩＣＰＯの上層部はキースの異動に踏み切った。

それがもし本当であれば、そんな判断をした上層部の不正を暴いてやりたい。

そのためにはローランドの誘いに乗り、彼と共に偽『blue rose』を捕らえるのが一番の早道となろう。

「……どうしたらいいんだ……」

迷うあまり、僕の口からその呟《つぶや》きが漏れる。

今こそキースに相談したい。が、いくら彼に連絡を入れても無視されてしまっている。その無視の理由にもまた心当たりがないことが、僕を逡巡《しゅんじゅん》の最中へと押し戻した。

もう一度、連絡をしてみようと携帯電話を取りだし、キースにかける。だが彼は応対にも出ず、留守番電話にも切り替わらなかった。

それなら、と彼のメールアドレスに、至急連絡をしてほしい、話したいことがあるのだと、再度メールを打ったが、やはり返信の気配はない。

「キース………」

今、僕が頼れるのはキースしかいない。なのになぜ、僕からの発信を彼はすべて無視するんだろう。

その理由だけでも教えてもらいたい。そう思い、再びメールを打ちかけた携帯を閉じ、僕は、深い溜め息をついた。

連絡を取る気があれば、何度もメールせずとも彼は返信してくれるはずだ。理由など知ったところで意味はない。

ただ自分が傷つくだけだ、とまたも溜め息をついてしまいながらも、未練がましく再度携帯を開く。

そこに着信の気配がないことに打ちのめされる思いを抱いていた僕はその場に座り込み、随分と長い間携帯のディスプレイを眺め続けてしまったのだった。

3

翌日の午前中、展示会場となるレストランに、展示会の主催者である社長とその妻、イベント会社の担当者と保険会社の役員、それに警備会社の責任者を集め、警察関係者との打ち合わせが持たれる予定となっていた。

警視庁からは赤沼《あかぬま》課長と僕、それにＩＣＰＯのクリスの三名がその打ち合わせに参加したのだが、主催の沢木社長は呆れるほど非協力的だった。

「くっだらない。何が怪盗ですか」

端から予告状を悪戯《いたずら》と決めつけている彼に、僕も赤沼課長も『blue rose』による盗難事件は現実に起こっており、今回の予告状も本物である可能性が高いと再三説明したのだが、誰も真剣に取り合おうとしなかった。

『blue rose』の名は日本のメディアでも何度も取り上げられている。なのになぜ主催者はこうも頑《かたく》ななのか、と内心首を傾げつつも僕たちは、できることなら予告状が来たティアラは今回展示を見合わせてほしいと頼み込んだ。

「できるわけがない！　殆《ほとん》どの客はティアラを見に来るんですよ？」

馬鹿を言うなと言わんばかりの剣幕に、僕はつい『盗まれるかもしれないんですよ？』と言いそうになり慌てて唇を噛んだ。なんのために警察がいると言われるのが必至だと思ったためだ。

果たして同席していた保険会社の役員は、僕が案じた点を突っ込んできた。

「我々の警備だけでは足りないということで今回、警察から百名以上の人員が配置されると聞いています。それでもまだ、盗難される可能性があるとでも言うのですか？」

「……勿論、我々としても『blue rose』の犯行をみすみす見逃すはずがありません」

赤沼が苦々しい顔になりそう告げた横から、

「当然です」

と明るく声をかけたのは——クリスだった。

「完璧な警備プランを用意してあります。盗難される可能性は、ほぼゼロといっていいでしょう」

「……っ」

「……っ」

自信満々の彼の言葉を聞き、僕と赤沼が密《ひそ》かに息を呑む。思わず顔を見合わせそうになるのを互いに堪え、視線をクリスへと向けると、クリスは僕と赤沼を代わる代わるに見ながら実に爽やかな笑顔を浮かべつつ、こう言葉を続けた。

「沢木社長としても展示会にティアラを出品しなければならない事情というものがあるのでしょう。そもそも我々警察には、出展を取りやめるよう『お願い』はできても強制はできません」

「そ、それはそうですが……」

赤沼が額に滲《にじ》む汗をハンカチで拭《ぬぐ》いながら相槌《あいづち》を打つ。彼の顔にはありありと、警察関者だけで事前に打ち合わせをしておくべきだったという悔恨の情が滲んでいた。

確かに我々にできるのは、展示会を見合わせてほしいという協力要請のみだ。それを相手に再認識させることが如何《いか》なる結果を呼ぶか、クリスとてわからぬわけではないだろうに、と内心溜め息をつきながらも僕は、なんとか沢木社長に展示を思い留まってもらう道はないかと、必死で考えを巡らせていた。

——が、事態は僕が恐れたとおり、急速に望ましくない方向へと進んでいってしまった。

「そちらの方はよくわかってらっしゃる。そのとおり。我々にはどうしてもティアラを展示せねばならない事情があるんですよ」

沢木社長が得々として喋《しゃべ》り始め、彼の妻が、イベント会社の社長が、保険会社の役員が、そうだそうだ、というように大きく頷く。

「そもそも怪盗の存在など信じられるものではありませんが、警備会社だけでなく、百名以上の警察官が当日警備にあたってくれるとなれば、誰がどう考えようと恐るるに足りませんよ」

あはは、と社長が陽気な笑い声を上げ、場の空気は最早《もはや》展示の差し止めなどできない状況に陥っていった。

その後、警備会社の警備プランを提出してもらい、我々の警備プランとすりあわせを行って、その日は解散となった。

「まったく、どういうつもりなんだか」

打ち合わせ終了後、沢木社長と談笑しているクリスを横目に、こそりと赤沼課長が囁いてきた。当然のことながら彼の目には怒りの炎が燃えている。

「昨夜、どんな話をしたんだ？　ＩＣＰＯ側では何か狙いがあるとでも？」

「いえ、そのような話題は一切出ませんでした」

事実、クリスとの会話は、僕への質問に終始していた。が、さすがにそれをそのまま伝えるのは憚《はばか》られ、更に詳細を問われたときには、単なる雑談のみだったと答えるに留めた。

「確かに警察官が百名も動員されるんだ。ティアラの盗難防止は勿論、『blue rose』を今度こそ逮捕する。いいな？　失敗は許されない。わかっているだろうがな」

捜査責任者は赤沼だというのに、さも全責任を僕に押しつけるといわんばかりの彼の言葉には内心呆れてしまいながらも、確かにそのとおりなだけに、

「わかりました」

と頷いたそのとき、背後から僕の名を呼ぶ陽気なクリスの声が響いた。

「リョーヤ、一つ提案があるんだが、聞いてもらえるかな？ ああ、赤沼課長も」

とってつけたように声をかけてきたクリスを赤沼はじろりと睨んだが、クリスのほうはまるで気にしない様子で僕らに近づいてくると、手にしていたレストラン近辺の図面を広げてみせた。

「今、社長から言われたんだが、あまりにも大仰な警備は来場者の不安を煽《あお》るのでやめてほしいそうだ」

「はいぃ？」

何を馬鹿なことを、という気持ちの表れまくった赤沼の素《す》っ頓狂《とんきょう》なほどの大声が響き渡ったのに、その場にいた皆の視線が彼に集まる。

ちょうど部屋を出るところだった沢木社長もまた、ちらと振り返って赤沼を見たが、すぐにまたすっと視線をそらせると、「行こう」と妻を伴いドアを出ていった。

「失礼します」

「それではまた」

イベント会社、それに保険会社の人間があとに続き、室内には我々警察関係者と警備会社の人間のみが残ることとなった。

「クリス、まさか社長に対し、警備の人員を減らすことを了承したんじゃないでしょうな？」

今までも充分むっとしていたが、今や赤沼は完全に怒っていた。文字どおり、頭から湯気を出す勢いでクリスを怒鳴りつけている。

対するクリスは実にひょうひょうとしていた。あたかも赤沼がなぜ怒っているのかわからないように――そんなわけはないのだが――大仰に目を見開き、逆に問い返してくる。

「いけませんでしたか？　私も百名は多いと思っていましたので、三十名カットの要請を受諾しました」

「三十名も!?」

今度は僕もまた大きな声を上げてしまったのだが、クリスは僕に対しても同じく、にこにこ笑いながら、さも自分が真っ当なことを話しているかのような口調で説明を始めた。

「ええ、削減箇所は国道沿いです。五メートル間隔での配置は必要ないでしょう。たとえ『blue rose』が逃走に車を使ったとしても、それぞれ十名ずつ配置している交差点での捕獲が可能です」

「……しかし、万が一のこともありますし……」

赤沼が食い下がるのをクリスがまた大仰に目を見開き肩を竦めて答える。

「万が一とは？　一体どういう場面です？　その『万が一』は五メートルおきに警察官を配置していることで防げるのですか？」

「いや、ですから……」

本来ならこうして四苦八苦している赤沼に対し、部下の僕がフォローすべきであろう。が、今、僕にその余裕はなかった。

頭の中で、昨日ローランドが――『blue rose』が告げた言葉が、ぐるぐると渦巻いていたのだ。

『おそらく今後、レンドルは警備の配置を変更するようにと要請してくるだろう。もっともらしい理由をつけてね』

まさに今、ローランドが言ったとおりのことが目の前で起ころうとしている。ということは、偽『blue rose』の話も――それにICPOが関与しているという話も、本当だと？

昨夜、ローランドから話を聞いたときには、とても信じ難いと思った。が、今、クリスが要請してきた警備の警官の減員は、どう考えても不自然だ。

大仰に見えようが見えまいが、『blue rose』の動きを封じ、彼らを捕らえることが我々に課せられた最大の任務である。主催者側がクレームを言ってきたとしても、警備に関しては警察に任せてほしいと押し切れたはずである。

第一沢木社長には打ち合わせ時に配置図を見せたが、人数が多すぎるというようなことはまったく言ってなかった。

それが急に、あまり大仰だと来場者が不安になるから、などと言い出すとはちょっと考え難い。もしやクリスのほうからそう言うように仕向けたのでは、と、彼を見やっていた僕は、己の視線がいかに疑念に満ちたものになっているかをはっきりと自覚していた。

「館内の警備については、警備会社と再度打ち合わせましょう。今日の午後、お時間とれますか？」

クリスが警備会社の人間と赤沼、それぞれに問いかけたあとに、僕へと視線を向けてくる。

「リョーヤは？」

「……大丈夫です」

午後は展示会場の視察に当てていたが、それは明日でもできる。クリスが言うところの『打ち合わせ』の内容をなんとしてでも自分の耳で聞いておかなければという思いのもと頷いた僕の横では赤沼課長が、

「月城に任せる」

と渋い顔をしてそう告げた。

「どちらに伺えばよろしいでしょう」

警備会社の課長が、おずおずとクリスに問いかける。

「我々が出向きましょう。ね、リョーヤ」

クリスはまたも僕ににっこりと微笑みかけてきたが、僕は彼の笑顔を今までと同じ目では見ることができなくなっていた。

「はい」

顔が強張《こわば》りそうになるのをなんとか堪え、笑顔を作る。何にも気づいていないふりをしよう。そして確かめるのだ。果たしてクリスが本当に偽『blue rose』の一味であるか否かを――そのためには、彼に疑いを持たれるようなことがあってはならない、と必死で平静さを保とうとするのだが、情けないことにそう器用な性格ではないので、上手《うま》くいっているかどうかはまったく自信がなかった。

「よければこの足で御社にお邪魔したいのですが」

「も、勿論かまいませんとも」

クリスの申し出を警備会社の課長が慌てて受ける。果たしてクリスはどのような『打ち合わせ』をしようとしているのか、と彼を凝視しそうになるのを我慢しつつも僕は、もやもやとした不安の影が胸一杯に広がっていくのを感じていた。


あまり当たってほしくない予想は、クリティカルに的中した。クリスは、ティアラの最も近い場所での警備を自分に任せてほしいと警備会社に対し強硬に申し入れたのである。

「し、しかし、もう沢木社長とは契約がすんでおりますし……」

あたかも警備会社の人間を閉め出すがごときクリスの提案に対し、警備会社側は渋ったものの、最後は警察の指示に従うということで渋々折れた。

「沢木社長には私から事情を説明しておきましょう」

お任せください、とにっこり微笑むクリスの顔には、疑いを抱くような要素は一切ない。頼もしい、としかいいようのない彼の自信に満ちた顔に、警備会社の人間は、結果には思うところはあるにせよ、全幅の信頼を寄せたようで、クリスにすべてを任せる形で話は済んだ。

「これから沢木社長のところに行くが、君も一緒に来るかい？」

クリスの誘いに僕は一も二もなく乗り、その後沢木社長のオフィスを訪れたのだが、そこでクリスは予想外の申し出をし、ますます僕に疑念を抱かせることになった。

「社長、既にティアラは会社の金庫に運んであるということですが、よろしければ今実物を見せていただけませんでしょうか」

打ち合わせも中盤にさしかかったとき、クリスはごくさりげなく沢木にそう言ったのだが、それを聞いた途端沢木の顔色がさっと変わった。

「どうしてティアラが金庫にあるとご存じなんです？」

「ああ、今、警備会社で聞いてきたんですよ」

クリスの言ったとおり、直前の打ち合わせでその話題が出ることは出た。が、穿《うが》った見方かもしれないが、クリスが喋るように仕向けたと思わないでもなかった。

「万が一にもすり替えられた場合にすぐ気づくように、本物を見ておきたいのです」

ここでもクリスはどこまでも強引に自分の主張を通そうとした。

「わかりました。少々お待ちください」

最後は社長が根負けし、警備員立ち会いの下で会社に設置されている金庫が開けられたのだが、この金庫は警備会社が二十四時間、四人態勢で見張っているということだった。

「これは素晴らしい……っ」

専用ケースの蓋を開いた途端、クリスが感嘆の声を上げたが、その声にはまったく演技は感じられなかった。

僕もまた、ティアラを前に言葉を失ってしまっていた。

時価数百億だか数千億だかというダイヤモンドを間近で見ることはまずない。見るとしても展示されているガラス越しであったり、またはショーウインドウ越しであったりするのだが、触れることすら自由にできるという状況で見る高価な宝石に、恥ずかしいことに僕は圧倒されていた。

本物の輝きというのは、こうも素晴らしいものなのか、とティアラから目が離せなくなる。

「本当に素晴らしい……これは皆さん、ご覧になりたいでしょう」

クリスの言葉に、沢木社長がしてやったり、とばかりに頷く。その様子を見て僕はようやく、我に返ることができたのだった。

「そうですよ！　皆さん、この素晴らしいティアラを見に来るんです。なのに展示を差し止めるなんてこと、できるわけがないでしょう」

「ええ、そうですね」

勢い余ったのか、ほぼ怒鳴りつけるようにして告げる沢木に対し、クリスはにこにこと笑いながら頷き、ありがとうございます、とティアラのケースを彼に返した。

「会場に運ぶ際、我々も警備会社に同行します。また、展示会開催中は、警察官が四名、ティアラを囲みます。決して盗難の憂き目には遭わぬよう、万全を期しますので」

お任せください、と胸を張るクリスに、沢木が満足そうに頷く。その様子を見る僕の胸中は非常に複雑だった。

警視庁に戻る道すがら、またもクリスは不可解な行動を取り、僕の疑念をますます深めさせた。

「悪いがちょっと寄るところがある。今日はこれで失礼するよ」

まだ午後三時前だと言うのに彼はそう言い、明確な目的地を告げずに立ち去ってしまったのだ。

一人、警視庁へと向かいながら僕は今日のクリスがいかに不自然な動きをしたかを最初から反芻《はんすう》してみた。

警備の人員を減らした上で、ティアラに最も近い警備の配置に自分がつくという提案、ティアラの今ある場所の確認、事前に本物を見たいという要請——そして、どこかわからぬところへと消えた。これらどれ一つ取ってみても『怪しい』としかいいようがない。

やはり彼の目的は、ティアラを守ることではなく盗むことにあるのだろうか。警備の隙を作り、ティアラのすぐ側を確保し、実物を事前に確認する。それらの行動はやはり、盗難の事前準備としか思えない。

ICPOの刑事だから、という信頼も、そのICPOの上層部が盗難にかかわっているとなれば脆《もろ》くも崩れる。

果たしてこれから僕はどうすればいいのか——赤沼課長、もしくは丸山部長に相談し、指示を仰ぐか。だが、ICPOが偽『blue rose』にかかわっている可能性があるという話を彼らにしたところで、信じてもらえるだろうか。

まず情報源を聞かれるだろう。まさか『本物の「blue rose」に聞きました』とは言えないから、ICPOの件を持ち出すことはできない。

クリスの行動が訝しいので、彼を警備から外してください、程度のことなら言えるだろうが、部長も課長もやはり『ICPO』を疑いはしないだろうから、それも簡単に却下される可能性大だ。

そもそも今回の我々の出動は、ICPOの協力要請によるものなのだ。主体はICPOにあるため、赤沼もクリスの決断に切れそうになりながらも従った。我々警視庁がするのはI

ＣＰＯのサポートである以上、そのＩＣＰＯが盗難にかかわっているとしたら、阻止する手立てはない。

「…………」

このままではおそらく、ティアラは盗まれてしまう。どうしよう、と唇を噛んだ僕の手は携帯電話に伸びていた。

キースに相談したい。彼もＩＣＰＯの人間ではあるが、すべてにおいて公平な見方のできる賢い彼のことだ。クリスの行動を説明すれば僕の言うことに耳を傾けてくれるに違いない。

だがキースの番号を呼び出しかけた僕の指は止まり、携帯は再びポケットに戻された。キースには昨日から散々連絡を入れているのになんの返信もないという事実が、また彼に連絡を入れることを躊躇《ため》わせたのだった。

躊躇っている場合じゃない。今は緊急事態だと自分を叱咤し、また携帯を取り出してキースの番号を呼び出す。が、やはり今回も彼は電話に出ず、留守番電話にも繋《つな》がらなかった。

それならメールを、と送信したが、それから警視庁に辿り着く間、十分以上かかったというのに、返信はなかった。

職場に戻ると僕はすぐ赤沼課長に呼ばれ、状況の説明を求められた。

「……なんとも、不可解だな」

僕の話を聞いた赤沼課長もまた、クリスの行動に疑念を持ったものの、最後には、

「まあ、ＩＣＰＯにはＩＣＰＯのやり方があるんだろう」

と納得していた。

ここで僕は勇気を出して、クリスには内緒で国道の警備を最初の計画どおりの配置にしてはどうかと提案してみた。が、予想どおり赤沼の答えはＮＯだった。

「主体はＩＣＰＯだ。あえて波風を立てることもないだろう」

要は、何があろうと責任はＩＣＰＯが取る、我々には関係ないと言いたげな彼の言葉に反発を覚えたが、ここで反論したところで赤沼の気が変わるとは思えない。

部下である僕が上司の彼にたてつくことは不可能で――丸山部長に訴えかければ逆転の可能性はないでもないが、丸山もまたＩＣＰＯが疑わしいなどとは夢にも思わないだろうから赤沼と同じ結論を出すに違いなかった――いよいよ僕は盗難を防ぐ手段を失ってしまった。

このままみすみす、ティアラが盗まれるのを目の前で見ていなければならないのか。

『blue rose』の名を騙《かた》る偽者の目的は金だ。本物の『blue rose』には、しっかりした志があった。だからといって人の物を盗んでいいということにはならないが、盗難の理由としては充分理解できた。

倫理観、道徳観を誰よりも問われる警察組織の人間が、私腹を肥やすために盗難に加担しているということにも耐え難いものを感じ、僕は暫し悩んだあと、もうこれしかない、と決断を下した。

ローランドに協力する――僕の選んだ道はそれだった。

クリスの不可解な行動により、ローランドの言うことに信憑性を見出したためであるが、それでも本当に彼を信用していいものかという躊躇いは最後まで捨て去ることができなかった。

もしもキースが連絡をくれていたら、その躊躇いゆえローランドへの協力は見送ったかもしれない。だがその日、夜まで待ってみたが、キースからはメールの返信も折り返しの電話もなく、結局僕は誰に相談することもできぬまま、一人帰路についた。

官舎に入るときに、なんとなくまたローランドが来ているのではないかという予感がしていた。僕のいる官舎は単身者用のマンションタイプだが、普通のマンション以上にセキュリティは万全である――はずなのに、さすが『blue rose』、あまりに易々と建物内に入っただけでなく、僕の部屋の中まで昨日は入っていた。

今夜もまた彼が室内にいるのでは、と思いながら部屋の鍵を開け、既に明かりのついていたリビングへと進むと、まるで昨夜のデジャビュさながら美しい金色の髪が視界に飛び込んできた。

「やあ、リョーヤ」

「……どうも……」

にこやかに微笑みかけてくるローランドは既に、僕の気持ちを察しているようだった。

「決心はついたかい？」

無言で近づき、彼の前に立った僕にそう言いながら、すっと右手を差し出してくる。

「その前に、一つ答えてください」

警察内での協力が得られない僕に残された道は、ローランドの手を取ることだった。だが、やはりいざとなると躊躇してしまい、これだけは確認して自分を納得させようと、ローランドをじっと見返し言葉を続けた。

「あなたの目的は『blue rose』に偽者がいると世間に知らしめること——それだけですか？　あのティアラを盗むつもりはないんですね？」

「勿論」

僕の言葉が終わるか終わらないかのうちにローランドは大きく頷き、さあ、というように更に右手を差し出してきた。

「あのティアラにはまったく興味がない。盗む理由のないものを僕は盗みはしないよ」

「…………」

きっぱりと言い切るローランドには、嘘をついている様子はない。彼の美しいブルーの瞳はあまりに澄みきっていて、そこにも欠片《かけら》ほどの嘘は表れていなかった。

それでもまだ躊躇はあったが、永遠に迷い続けるわけにはいかない。不安は多々あれど、ローランドを信じよう、と僕は腹を括《くく》った。

目の前に出された手へと自分の手を伸ばす。触れた瞬間、ローランドの指先のあまりの冷たさにはっとし、反射的に引きかけた手を、逆にローランドが握り締めてきた。

「ありがとう。僕の話を信じてくれて」

ローランドが立ち上がり、僕の手を改めてぎゅっと握り締める。

「……信じて……いいんですよね？」

往生際が悪いと自分でも思ったが、手を握って尚確認した僕の前でローランドが苦笑する。

「僕が君を騙《だま》すわけがない……わかっているだろう？」

そうして彼は握った僕の手をすっと口元へと持っていったかと思うと、僕が呆然としている間に手の甲に唇を押し当ててきた。

「な……っ」

驚き手を引いた僕の頬に、カッと血が上っていく。たかが手にキスをされたくらいで僕がこんなにも動揺してしまったのは、かつてローランドからプロポーズめいたことを言われたことがあるためだった。

『僕の花嫁』

そう言い、彼の家に伝わるサファイアのネックレスを贈ってきた彼には、薬を盛られた上で抱かれそうになったこともある。

なぜこうも美しい人が僕のような、日本人の一警察官にそんな真似をしたのか、まるで理

解できなかったが、彼の家に伝わる高価――なんて言葉じゃ足りないほどに高額のネックレスを贈ってきたことで、からかわれているだけだとは思えなくなった。

だが、それ以降はなんの連絡もなかったのだし、こうして動揺してみせること自体、僕のほうが何かその手の期待をしていると思われかねない。そう思えば思うほど頬は紅潮し、まともな思考力が奪い去られていく。

落ち着け、と咳払《せきばら》いをし、目の前で僕は優雅に微笑んでいたローランドに改めて問いかけた。

「協力とは、一体何をすればいいのです？」

「簡単な話だ。君はミスター・レンドルの不審な動きに目を瞑《つむ》り、気づかぬふりを貫いてくれればいい」

「……え？」

それだけか、と拍子抜けしたあまり、僕の口から思わず声が漏れてしまった。

「ふふ、もっと積極的に手を貸したいかい？」

ローランドに笑われ、ますます頬に血が上る思いがしながらも、それが『協力』になるのか、と僕は彼に確認を取った。

「クリスが――失礼、ミスター・レンドルがティアラ盗難に手を貸すのを見過ごせということですね？　なぜです？」

「盗難が発生しなければ、いくら『盗もうとしただろう』と問い詰めたところで言いがかりとして片づけられてしまうからね」

ローランドがよどみなく答える。彼の言葉にはこれ以上ないほどの説得力があった。

「偽『blue rose』が盗難を働いたその瞬間に、僕が本物として登場する。僕の顔は君の上司である赤沼課長も覚えてくれているだろうから、本物として認定してもらえるだろう。だから君には、ミスター・レンドルの邪魔をしてもらいたくないんだ」

わかったかい？　と問うてくるローランドに「はい」と頷きながら、内心僕はほっとしていた。

ローランドを展示会場に招き入れる等の手助けを頼まれたら、それがいかに偽者を暴くためだとわかってはいてもさすがに躊躇っていたと思う。

積極的に手を貸すのではなく、クリスの動きを黙認するのみでいいという『協力』はそれほどの罪悪感を抱かずにできる、僕にとってもありがたいものだった。

「それではまた展示会の日に会おう」

ローランドが明るくそう言い、歩き出そうとする。彼のために道を空けようと僕は後ずさったのだが、そのとき不意に彼に腕を摑《つか》まれ、はっとして顔を見やった。

「……っ」

既に彼の顔は僕のすぐ側まで近づいていた。チュ、と微かに音を立て、僕の頬にキスをしたローランドが、呆然と立ち尽くす僕から腕を解き、にこやかに微笑みかけてくる。

「おやすみ。リョーヤ」

「………あ……」

僕が何を答えるより前にローランドは素早く――決して慌てている素振りではなく、仕草そのものは実に優雅であったが――部屋を出ていってしまい、僕はただ彼の姿が消えたドアを見つめることしかできずにいた。

やがて我に返った僕は、考えをまとめようとどさりとソファに腰かけた。自分が本当に正しい選択をしたか否かを考え、したと思おう、と自身を納得させる。

ローランドが嘘をついている可能性はゼロではない。もしかしたらクリスは彼の一味であり、その邪魔をさせないことで盗難を容易にしようとした、ということも充分考えられるが、ローランドはそのような小細工をすまいと僕は思っていた。

第一、クリスに最初に目を向けさせたのはローランドだ。事前にローランドの話を聞いていなければ、クリスの行動一つ一つに僕は、違う意味を見出していたに違いない。

一抹の不安は残るが、要はティアラを盗難から守ることができればいいのだ。今はそれだけを考えることとしよう、と、一人頷いた僕の脳裏に、ふと、キースの顔が浮かんだ。

待てども待てども、キースからの連絡はない。携帯を取り出し開いてみて、着信のないことを確認した僕の口から深い溜め息が漏れる。

なぜキースは連絡をくれないのか。一本の電話もかけられず、メールも入れられないという状況に今、彼は陥っているのか。それとも電話もメールもしないのには、何か理由があるからなのか――その理由とは一体？

ぐるぐるとまた、思考の網に捕らわれてしまいそうになるのを踏み留まり、頭を振ってあれこれと浮かんだ考えを振り払う。

気にはなるが、今、僕が考えねばならないのは来週の展示会のことだ。偽『blue rose』を逮捕する、そのことだけに心血を注ごう。

必死で自身に言い聞かせる己の声が空《むな》しく頭の中で響く。本来考えねばならないことを考えまいとするのは不自然極まりない行為ではあるが、それでも心の平静を保つためにはそうするしかない、と僕は一生懸命『空しさ』から目を逸《そ》らし、展示会で起こり得るあらゆる事象を考え始めた。

4

展示会まではあっという間だった。クリスの動きはその後なく、警備会社との打ち合わせでも彼が積極的に口を出してくることはなかった。

当日の警備について日々詳細を詰めるその一方で、僕はちょっと気になっていた沢木社長についての調査も進めていた。

僕が彼なら、盗難の危険があることがわかった時点で、ティアラの出展は見合わせるだろうと思ったのが、調査のきっかけだった。

何か、どうしても出展しなければならない理由があるのではないかと、それを調べたのだが、意外な事実が浮かび上がった。

順風満帆に見えた彼の会社だが、実は無理な投資がたたって非常に経営が悪化しているとのことだった。

ティアラの展示は、新しい持ち主を探してのものであるらしい。また、これは僕の邪推かもしれないが、沢木社長はもしや、盗まれたら盗まれたでいいというスタンスではないかと思われた。盗難にあった場合、多額の保険金が保険会社から振り込まれるからだ。

そういった調査に明け暮れている間に時間は経ち、いよいよ展示会当日となった。何事も起こらないことを祈りつつ――そういうわけにはいかないだろうという覚悟はあったが――僕はクリスや赤沼課長と共に、展示会場となるレストランへと向かった。

「すべてＩＣＰＯの決定のとおり、配置済みです」

赤沼課長が嫌みなくらいに『ＩＣＰＯの決定どおり』を繰り返すのは、責任は警視庁にはないということを明言したいためだと思われた。

「ありがとうございます」

対するクリスはその嫌みをさらっと流している。彼が今日、如何なる動きをしようが、それを黙認する。ローランドの指示はそうだったが、果たしてクリスは何をやる気なのか、と、僕の視線はどうしても彼へと向けられてしまっていた。

あまりにあからさまだと、逆に疑われると思い、できるだけ見ないようにと心がけるのだが、気づけば彼の姿を目で追ってしまっている。いけない、と僕は自分の持ち場である出入り口近くへと移動し、クリスと物理的な距離を置こうとしたのだが、やはり訝しがられてしまったのか、クリスのほうから声をかけてきた。

「リョーヤ、緊張してるのかい？」

「ええ、まあ……」

確かに僕は緊張していたが、それは『blue rose』の出現というより、いかにしてクリスが偽『blue rose』に手を貸すのか、それを見極めねばと思っているためだった。

「大丈夫だよ。万全の警備網を敷いたじゃないか」

そんな僕の心中など知らない――知らなくあってほしいと思うクリスは、明るく笑って僕の肩を叩いたが、すぐにその笑顔を引っ込めるとすっと顔を近づけ耳元に囁いてきた。

「『blue rose』は現れるだろう――が、案じる必要はまったくない。だから君はただ、自分の持ち場で自分の仕事をすればいい。他に気を取られることなくね」

「…………」

他に気を取られること――その言葉に思わず反応してしまった僕が目を見開く。クリスはまたさっと僕から離れると、

「それじゃ、またあとで」

とまるで、何事もなかったかのように微笑み、その場を立ち去っていった。

「…………」

今の発言はどういう意図をもってなされたものなのか、と僕は、クリスの後ろ姿を凝視してしまっていた。あまりに意味深であると思うのは、先入観がなせる業《わざ》なのか、それとも誰が聞いても意味深であるかの判断がつかない。

もしも『意味深』であったとして、彼がその発言をする意図はどこにあるんだ？　僕に疑いを持たせることが、クリスにとってプラスになるとはとても思えない。

僕があまりにも彼を気にしてみせたから、牽制《けんせい》してきたのだろうか。牽制することでますます注目を集めるとは思わなかったのか？

次々と疑念が頭に浮かぶが、開場時間が近づいている今、思考に捕らわれている場合ではなかった。

気にすることはない、とあえて思考をシャットダウンし、そろそろ集まり始めた来客へと目を向ける。今日、僕がすべき行動は、どれほど疑わしい事象が起ころうが、敢《あ》えてそれに目を瞑ることだ。それを忘れちゃいけない、と自分に言い聞かせる。

偽『blue rose』が出現したあとに本物が――ローランドがやってくる。会場内は大騒ぎとなろう。そこで自分がどう動くか。それを今は考えるべきだろう。

ローランドには協力を約束したが、彼を捕らえないということは確約していない。偽『blue rose』と本物の『blue rose』、両方逮捕できたら言うことなしだ。

相手がローランドだと簡単にいくとは思えないが、最初から諦めるわけにはいかない。彼を逮捕する手段を考えよう、と僕は、そろそろ増えてきた来客を注意深く観察しながら、あれこれと思索していた。

来客には、メディアに登場するような著名人が何人もいた。芸能人、スポーツ選手、それに著名なＩＴ企業の社長などだ。

それ以外の客も、皆、いかにも高級そうな衣服を身に纏《まと》っている、いわば『富裕層』に属すると思しき男女だった。

彼らの中の誰かに沢木社長はティアラを売ろうとしているのだろう。そう思いながら僕は、頭に叩き込んである来客リストと来客者を一人一人照合していった。

開場の十八時には、来客予定者が八割を越えていた。開場後、壇上でティアラを前に沢木社長が開会宣言をすることになっていたが、それも予定どおり行われるようだった。

「皆様、本日はお忙しい中、お集まりくださり誠にありがとうございました。日頃より、実物を見てみたいと言われることの多かったこのティアラを、私どもにとって大変縁《ゆかり》のありますこの場所で皆様にご覧いただけますことを幸せに思っております」

縁といっても、妻の遠縁だろうに、と思いつつ僕は社長のスピーチを聞いていた。僕と同じことを考えている人間はかなりいたようで、会場内には微妙としかいいようのない空気が流れたが、スピーチをしている沢木にはその雰囲気がまったく伝わっていないようだった。

「どうぞ心ゆくまでご覧ください。ご希望がありましたらケースからお出ししますよ。記念にかぶってみてはいかがでしょう」

彼の言葉を聞いた途端、僕を含む会場内に詰めていた警察の人間、全員が、ぎょっとした顔になった。展示されているケースを開けるためには、警備スイッチを一旦切る必要がある。それを沢木とて知らないわけはあるまいに、一体どういうつもりか、と呆れつつ僕は、社長が得意げに示してみせたティアラを見やった。

「…………」

ティアラの最も近い所にはクリスがいる。彼もまた慌てているだろうと思っていたにもかかわらず、視界の隅に入った彼の顔には、余裕の笑みが浮かんでいた。

あたかも社長の発言を予測していたかのようだ、と尚も顔を凝視する。と、視線を感じたのかクリスが僕のほうをちらと見、ニッと笑って寄越した。

その笑みの理由はなんだ、と首を傾げたところで、エントランスに新たな客が現れたので、僕の意識はそちらへと向かうことになった。

ぱっと人目を惹く、綺麗な女性だった。著名なモデルだということに僕が気づいたのとほぼ同時に、会場内の招待客もまた彼女の出現にざわめき始めた。

「やあ、よく来てくれたね」

スピーチ中だったはずの沢木社長までもが彼女に声をかける。今、会場内の注目は一身に美人モデルへと集まっていた。

「沢木さん、ティアラ、見せてもらいに来たわよ」

さすがといおうか、その美人モデルは――SAKIと名乗っている、海外の一流ブランドのデザイナーからもパリコレに出てほしいとオファーがかかる、日本では一番メジャーといっていいショーモデルだと、ようやく僕はリストに載っていた彼女のことを思い出した――自分がいかに見られているかを承知した上で、実に悠然と微笑むと真っ直ぐに社長へと近づいていった。

「これがそのティアラなの？　凄《すご》いわね」

SAKIがガラス越しにティアラを眺め、感嘆の息を吐く。

「つけてみる？」

もしやこの二人の間には、男女の関係があるのではないかと、つい疑ってしまうほどに二人の口調はフレンドリーだった。

「ふふ、ケース開けたら、ビーッて鳴るんじゃないの？」

SAKIの言葉に会場がどっと笑いに沸く。

「大丈夫だ。警備のスイッチを切るからね」

沢木社長がそう言い、振り返ってクリスに合図を送る。と、クリスは、少しも躊躇うことなく頷き、ケースに手をかけた。

「……っ」

SAKIではないが、防犯ブザーが鳴り響くのでは、と身構えた僕の目の前で、クリスがさっとケースを外し、沢木社長に向かって一礼する。

「さあ、どうぞ」

沢木社長がティアラを台座から取り上げ、両手でSAKIに差し出す。

「ちょ、ちょっと、社長、手袋しなくていいの？」

沢木があまりに無造作に鷲《わし》掴みにしたものだから、ＳＡＫＩが慌てた様子でそう言い、心持ち身体を引いた。

「手袋などいらないよ。これは僕のものなんだから」

沢木が鷹揚《おうよう》に笑い、さあ、とティアラをＳＡＫＩに差し出す。

「いいのかなあ……」

ＳＡＫＩが躊躇いながらも手を伸ばす。彼女の表情が心持ち迷惑そうなのは、綺麗にセットしたヘアスタイルを気にしてのことと思われた。

「なんならつけてあげようか？」

社長が笑いながらそう告げ、ＳＡＫＩが「社長が？」とやはり微笑みながら問い返したその瞬間、会場内の全ての明かりが一度に消えた。

「どうした？」

「停電か？」

室内がこれでもかというほどざわつく中、

「きゃっ」

ＳＡＫＩの悲鳴と、

「おいっ」

という社長の怒声が響く。

「明かりを！」

「すぐに点けるんだ‼」

暗闇の中、叫ぶ赤沼課長の声に続き、

「皆さん、席を立たないでください！」

クリスが少しも取り乱すことなく、冷静さを保ちながら声を張り上げ、客たちを鎮めようとしていた。

僕はといえば、最も出入り口に近いところにいたため、明かりが消えた瞬間手探りでドアへと進みここからは誰も出すまいとドアを背に気を張り詰めていた。

このレストランへの出入り口は正面玄関のここと裏口、それに庭へと出る窓だが、展示会開催が夜であることから、窓ははじめから閉め切ることで了解が取れていた。

裏口にも扉の内側と外側、それぞれに三名ずつ配置についている。メインの入り口であるこのドアの側にも、僕を含め五名、外には七名が控えていた。

施錠してあるだけでなく、カーテンの向こうは釘すら打ってある窓の外にも勿論、十名の警察官が配置されている。

この建物内からは猫の子一匹這《は》い出る隙はないはずだ。本物にせよ偽物にせよ、『blue rose』が出現した場合、確実に逮捕できる状況にある。

できることなら両方逮捕といきたいものだが、と思いつつも周囲に気を配っていた僕は、不意にぱっと電気がついたことで、眩《まぶ》しさに顔を顰《しか》めつつも壇上の沢木を見やった。

「ない！　ティアラがない!!」

沢木もまた眩しそうではあったが、はっとした表情になり大声で喚《わめ》き始めた。

「ええ？」

側にいたモデルのＳＡＫＩもまた我に返った顔になり、慌てた様子で辺りを見回している。

「静かに！　席を立たないで！」

客席がざわつく中、最初に声を張り上げたのはクリスだった。

「皆、その場で待機してください。リョーヤ！　ドアから外に出た人間はいたかい？」

凛《りん》と響き渡るクリスの声に、そんな場合じゃないと思いつつも自然と聞き惚れていた僕は、不意に問いかけられ、慌てて首を横に振った。

「いえ、電気が消えた直後にドアの前に移動しましたが、ここから外に出た者は誰もいません」

「そうか。裏口はどうだ？」

僕の答えに満足げに頷いたクリスが、厨房《ちゅうぼう》の奥へと向かって声を張り上げる。

「裏口も停電直後から見張っていましたが、人の出入りはありません！」

厨房からその声が響いてきたのに、クリスはまた満足そうに頷くと、庭へと抜ける窓を覆うカーテンの前に立っていた警備会社の人間に問いかけた。

「庭に出た者もいないな？」

「はい。誰もいません」

敬礼し、答える警備会社の人間に、クリスは、よし、というように頷いたあと、視線を会場内にいる来客へと向けた。

「皆さんもお聞き及びのとおり、誰一人としてこの建物の外へと出ることができた人間はいません。すなわちそれは、この建物内にまだ、ティアラを盗んだ人物が存在しているということです」

「そんな……っ」

「酷いわ。私たち招待客を疑うっていうの？」

来場者が口々に騒ぎ立てる、それをクリスが声を張り上げ鎮めようとしたとき、再び室内の明かりが全て消えた。

「なに？」

「どうした？」

「また停電？」

客席が今まで以上にざわめき立つ。

「明かりを！　早く明かりを点けるんだ！」

僕の耳に、酷く慌てた様子のクリスの声が響いた。先ほどまで冷静沈着そのものだった彼がこうも取り乱すとは、と違和感を覚えながらも僕は、誰をもこのドアから出すまいと改めて周囲に気を配っていた。

「あっ！」

「ついたっ！」

今回の停電は十五秒くらいで復旧した。ぱっと明かりが点いた瞬間、室内にほっとした空気が流れる。

が、それも一瞬だった。

「あっ！　それはっ！」

沢木社長が声を上げ、客席の後方を指さす。僕をはじめとする皆の注目が一斉に集まったそこには、輝くティアラを手にしたローランドが悠然と微笑み立っていた。

「『blue rose』!!」

以前、彼と顔を合わせたことのある赤沼が叫び、警察官皆が彼に駆け寄ろうとする。と、ローランドは優雅な仕草で一礼すると、手にしていたティアラをすぐ側に座っていた一人の女性に差し出した。

「え？　ええ？」

戸惑う女性の頭にティアラが乗せられる。あまりに意外な光景に皆の目が釘付けになり、警察官たちの足も止まった。

「会場の外に持ち去られようとしていたのを、防いで差し上げたのですよ」

ね、とローランドが、ティアラをかぶせた女性に微笑みかける。

「あ…………」

時価数百億といわれるティアラを頭に乗せられただけでもテンパってしまっていたその女性だが、ローランドの輝くばかりの美貌にますますその興奮は増したようで、今にも気絶しそうな様子となっていた。

「彼らがティアラ盗難を企てた人間です。いわば私の偽者」

今や場内はローランドの独擅場と化していた。陣頭指揮をとるはずのクリスを振り返ると、彼はどこか呆然とした顔でその場に立ち尽くしている。

「アーサー」

ローランドが声をかけると、厨房から端整な顔をした外国人の若者が、スーツ姿の二人のやはり外国人を従え姿を現した。

「あ……」

アーサーと呼ばれた男には見覚えがある。確かローランドの側近くに仕えていた男だ。彼が前へと突き出した男たちは誰だかわからない。見たところまっとうな職業についているようだが、と顔を凝視したそのとき、ローランドの朗らかな声が響いた。

「彼らはＩＣＰＯの刑事です。ティアラはそこにいるＩＣＰＯの捜査責任者、ミスター・レンドルによって沢木社長の手から奪われ、この二人に渡された」

「なんだと？」

「どういうことです？」

沢木が、そして赤沼がクリスに喰《く》ってかかる。もしもローランドの言葉がでたらめなものであったなら、当然クリスは反論しただろう。が、青ざめた顔をした彼が口を開くことはなかった。

ということは、と僕まで呆然としてしまいながらクリスに問いかけようとしたとき、背後で聞き覚えのある――などという言葉では言い尽くせない、耳慣れた声が響いた。

「確かにその二人はＩＣＰＯの刑事だ。『blue rose』に偽者がいたというのも本当だ」

「誰だっ」

「偽者？」

「ブルーローズって、前に週刊誌に出ていた怪盗？　ほんとにいたの？」

またも場内が騒然となる中、僕は信じがたい気持ちで声のした方向を――厨房へと続くドアを見つめていた。

「やあ、久し振りだね」

ドアの近くにいたローランドは、僕より先にその人物の姿を認めたらしく、相変わらず優雅な微笑みを湛《たた》えたまま声をかけている。

彼が『久し振り』と言ったその相手はやはり――と僕は思わず駆け出しそうになりながらも、自分の望んだとおりの人物が姿を現すのを固唾《かたず》を呑んで見守っていた。

「ICPOが偽『blue rose』にかかわっているのは事実だ。だがそれには目的があった」

冷静極まりない声が響き渡る。侵しがたい威厳のあるその声が、誰に制されるまでもなく場内に静けさを取り戻させていた。

「その目的とは、ただ一つ――」

ようやく『彼』が姿を現す。常に心に思い描いていた長身を見た瞬間、僕の身体が動いていた。

「本物の『blue rose』を捕らえるためだ」

そう言いながら開け放たれていたドアの向こうから登場したのは――キースだった。

「キース!!」

やはり、彼の声を僕が聞き違えるはずがない、と、駆け寄ろうとしたそのとき、ローランドが素早い動きを見せた。

「それがそうはさせられなくてね」

華麗、というに相応しい微笑みを浮かべた彼が、すっと右手を上へと伸ばす。その瞬間また、場内の照明が全て落とされ、三度《みたび》訪れた暗闇にキースへと向かいかけていた僕の足は止まってしまった。

「キース！」

それでも呼びかけずにいられなかった僕の口を、いきなり布で塞ぐ者がいる。

「……っ」

よせ、と暴れようとしたが、そのときには既に意識が遠のき始めていた。

クロロフォルムを嗅《か》がされたのだ、と気づいたが時既に遅し、混沌《こんとん》とした闇の中に自身の意識が吸い込まれていくのを、堪えることができない。

「ティアラは返した。その代わり私は私の花嫁を連れていく。思い出のブローチと共にね」

あはは、とローランドが高く笑う声が、

「リョーヤ！」

と叫ぶ愛しい人の——キースの声が遠いところで聞こえる。まるで以前のデジャビュだ、と思いながらも僕の意識は闇の中に飲み込まれ、そのまま気を失ってしまったようだった。


「う…………」

酷く頭が痛い。その上、胸がむかむかし、吐きそうだった。二日酔いの朝みたいだと思いつつも、酒など飲んだ記憶はないのだが、と薄く目を開いた僕は、目の前に開けた光景のあまりの違和感に一気に覚醒《かくせい》したのだった。

「な……っ」

高級ホテルかと思ったが、目に飛び込んできた装飾品はどれも相当年代物に見える。凝りに凝った天井の飾りといい、寝かされていたベッドが天蓋《てんがい》付きであることといい、貴族の館か城か、と呆然と周囲を見回していた僕の耳に、柔らかな、そして美しいとしかいいようのない深い声が響いた。

「やあ、お目覚めかい？　気分はどうかな？」

「……………ローランド………………」

声の主を見やる僕の頭にまず最初に浮かんだ考えは『してやられた』というものだった。

「怖い顔」

ふふ、とローランドが笑い、どさりと僕の寝ていたベッドに腰を下ろす。

「何を怒ってるの？」

「…………騙したな？」

罪悪感の欠片もない彼の顔を前に、胸に怒りが込み上げてくる。なんということだ、以前も彼には散々煮え湯を飲まされたというのに、また騙されるとは、どれだけ自分は人がいいんだ、という自己嫌悪が僕の怒りを増幅させていた。

「騙した？　何を？」

その上ローランドにいかにも心当たりがない、とばかりに目を見開かれてはますます怒りが煽られ、気づいたときには彼を怒鳴りつけていた。

「偽『blue rose』は確かに存在した！　ＩＣＰＯもかかわっていたことは事実だ！　だがその目的は、あなたを——本物の『blue rose』を逮捕するためだった！　あなたはそれを知っていたのに、僕には嘘を教えましたね？」

「そんなことはない——と言ったところで、信じてはもらえないだろうね」

激昂《げっこう》する僕に対し、ローランドはどこまでも冷静だった。冷静すぎて腹立たしいほどだ、と彼を睨みつけると、

「だからそんな顔をしないでくれよ」

ローランドは苦笑し、いきなり僕の前で頭を下げた。

「騙すようにして連れて来たことは謝る。だが、僕にはどうしても君に来てもらわねばならない理由があった」

「…………理由……？」

まず、謝罪されること自体が驚きだった。加えて、顔を上げ、訴えかけてきたローランドの瞳には、侵しがたい光があった。

その光はもしかしたら、人を騙すために彼が身につけた能力の一つなのかもしれない。そう思わないでもなかったが、そう思ったからといって反論できない何かが彼の真剣極まりな

い顔に現れ出ていた。

だからこそ、彼の話を聞く気になったというのに、続いてローランドの口から零《こぼ》れ落ちた言葉はあまりに不可解で、僕は思わず我ながら素っ頓狂と思われる声を上げてしまったのだった。

「頼む、リョーヤ、再び僕の花嫁になってもらえないだろうか」

「なんだって⁉」

男が『花嫁』になどなれるわけがないだろう、と目を見開く僕に向かいローランドが、

「頼む」

と再び頭を下げる。一体その意図はどこにあるのかと僕は、蜜でも塗っていそうな美しい彼の金髪を暫し見つめ続けてしまったのだった。

5

「事情を説明しよう」

言葉を失っていた僕の前でローランドは端整なその顔を上げると、にこやかに微笑《ほほえ》みながら話し始めた。

「今、僕たちはパリ郊外の古城にいる。この城の持ち主はマダム・エレーヌ。僕は彼女のことをマダム・シャトーとお呼びしている。幼少期に非常にお世話になった、いわば僕の恩人だ」

「……………」

ローランドの話に無駄な部分は一切ない。が、僕には彼の話をおとなしく聞いていなければならない理由は一つとしてなかった。

マダム・エレーヌだかシャトーだか知らないが、僕にはまるで関係のない話だ。今、僕がすべきは目の前にいる怪盗『blue《ブルー》 rose《ローズ》』を捕らえることのみだ。

有無を言わせず手錠をかければいい——そのはずであるのに、なぜか僕は語り続けるローランドの話に耳を傾けてしまっていた。

「マダム・シャトーにはお嬢さんが一人いらした。そのお嬢さんがパリに留学していた日本人画家と恋に落ち、駆け落ち同然でこの家を飛び出してしまった。今から三十年近く前のことだ」

ローランドの話はいよいよ、今、僕が置かれているこの状況からは外れてくる。三十年前の出来事を語られたところで、どう相槌《あいづち》を打っていいものかと眉《まゆ》を顰《ひそ》める僕に彼は、にっこりと、またも見惚《みと》れるような笑みを浮かべると、ぽつぽつと話の続きをし始めた。

「マダムはお嬢さんの行方を探したが、結局見つけることはできなかった。風の噂《うわさ》でお嬢さんが日本で娘を産み、画家と暮らしているという話までは聞こえてきたが、ついに連絡を取ることはかなわなかったそうだ……お嬢さんが亡くなる日まで……」

「……え……？」

沈痛な面持ちのローランドに問い返した僕に、ローランドは「うん」と頷《うなず》き、言葉を続けた。

「マダムのお嬢さんは、日本に渡った数年後に病に倒れた。癌《がん》だったそうだよ。早くに検査をしていれば命を失うこともなかったようだが、貧しい暮らしをしており、その余裕はなかったそうだ」

残念な話だけれど、と溜《た》め息《いき》をつくローランドは、酷《ひど》く辛《つら》そうな顔をしていた。ここで彼は一瞬黙り込んだが、すぐに我に返った顔になると、少し照れたように笑い、話を再開した。

「マダムは非常に後悔し、孫娘の行方を探そうとした……が、その頃にはマダムも困窮していてね、自分の生活でいっぱいいっぱいになっていた。結局孫娘の行方がわからぬままに二十余年が経《た》った今、今度はマダムが病に倒れることとなったんだ。奇《く》しくもお嬢さんと同じ病気で——癌でね」

ローランドはそう言うと、にっこりと微笑んでみせたのだが、その顔はなんというか——無理をしているのがありありとわかる、切なげ、としかいいようのないものだった。

「発見が遅れたために、治療の手立てがなくなってしまった。彼女自身も安らかに死を迎えたいと、延命措置を拒絶したしね。しかし日本にいる孫娘のことは気になるというので、彼女の代わりに手を尽くして探したんだが……」

ここでローランドは一旦言葉を切り、抑えた溜め息をついたが、それは臓腑《ぞうふ》を抉《えぐ》るような切なげなものだった。

「結局、行方は知れなかったんだ。そこでリョーヤ、君の出番となる」

「え？」

なにが『出番』なのだと問い返した僕は、ローランドの答えに、今自分が置かれている状況をすっかり忘れるほどの驚きに苛《さいな》まれることとなった。

「君に身代わりを頼みたい。マダムの孫娘のね。それで君をここへと連れてきたんだよ」

「なんですって!?」

ローランドは少しも冗談を言っているようではなかった。まさか僕の性別を彼は誤解しているわけではないよな、と、今更の疑問を抱きつつ、彼に問いかける。

「僕は男ですよ？　孫娘の替え玉にはならないでしょう」

「いや、君はマダムのお嬢さんに顔立ちがよく似てるんだよ」

「え？」

疑問の声を上げた僕に、ローランドが写真を差し出してくる。

「ほら、ご覧。これがマダムのお嬢さんのアンヌ。隣にいるのがアンヌと駆け落ちした日本人の画家、佐伯《さえき》だ。こちらも少し君に面差しが似ているだろう？」

「……………」

手渡された写真には、気品のある顔立ちをした外国人の美しい女性と、線の細い日本人男性が並んで写っていた。どこか画廊の前で撮られたものらしいその写真の二人の顔が、自分に似てるとは思えず、首を傾《かし》げる。

「客観的に見ると似ているよ」

ローランドは笑って僕の手から写真を取り上げると、改めて僕の瞳をじっと覗《のぞ》き込むようにして話し始めた。

「僕は幼少の頃、マダムに非常に世話になってね。なんとしてでも彼女の、孫娘に会いたいという願いをかなえてあげたいと思った。だが、力不足で探し出すことはかなわなかった。

マダムをがっかりさせたくないんだ。頼む、リョーヤ、マダムの孫娘のふりをしてもらえないだろうか。ほんの数日でいいんだ。このとおり、お願いする」

そう言い、深く頭を下げるローランドが、真剣にこの『お願い』をしているということをようやく僕は察した。が、どんなに真剣に、心をこめて頼まれようが、男の僕は『孫娘』にはなれないだろう。きっと男だと気づかれるに決まっている。

男であることが知れた時点で、僕が孫でもないことがわかる。偽者を連れてこられたとわかれば、マダムはがっかりするだろうし、酷く傷つくのではないか、と僕はローランドに対し、自分の思うところを告げることにした。

「無理です。やりたいやりたくないは別にして、僕は身代わりにはなり得ないと思います。性別が違う時点で、偽者だとばれるでしょう。それに、果たして偽者を連れてくることが本当にマダムのためになるでしょうか。ここは正直に、孫娘は見つからなかったと打ち明けるべきでは……」

「ああ、君の言うことは正論だ。そのとおり。嘘と知れればマダムは傷つく。だが、孫娘が見つからないまま、彼女を旅立たせるのは更に可哀想だ」

ローランドが僕の言葉を遮り、首を横に振る。静かな口調ではあったが、語尾が震えていたその様子から僕は、マダムの死期が迫っていることを察した。

「無理は承知だ。でもね、マダムには孫娘がこの先の人生を幸福に暮らしていく、その姿を見せてあげたいんだ。だからお願いだ、リョーヤ。どうか孫娘のふりをして、マダムの前で僕と永遠の愛を誓ってもらえないか？」

「……それが……花嫁……？」

『僕の花嫁になってほしい』――悪い冗談だと思っていたローランドの言葉にはそういう意図があったのか、と悟りはしたが、できるかとなるとやはり話は別だった。

「……本物の女性を連れてきたほうがいいと思いますよ」

やはり無理がある、と首を横に振った僕は、不意にローランドに手を握られ、ぎょっとして彼の手を振り解《ほど》こうとした。が、ローランドはますます強い力で僕の手を握り締め、じっと瞳を見つめながら熱く訴えかけてきた。

「君じゃないと駄目なんだ。マダムはありがたいことに僕の将来も心配してくれている。孫娘を見つけることはできなかったが、愛してもいない人を僕の『花嫁』としては彼女に紹介できない。だから君を連れてきたんだ」

「…………」

愛してもいない人間を紹介できない、ということは――ローランドの言葉にこめられた意味は、どれだけ読解力のない人間でも察することができただろう。

それを本気ととるかは別だけれど、と僕は、熱く自分を見つめるローランドの青い瞳を見返した。

「三日間でいい。結婚式を挙げたらすぐに君は解放する。その際には、そうだな……本物の『blue rose』として君に逮捕されようか。交換条件としては悪くないだろう？」

「……本気で言ってるんですか」

思わず確認を取ってしまいながらも僕は、これが本気の訳があるまい、と自らに突っ込みを入れていた。が、ローランドのリアクションは僕の予想を裏切るものだった。

「本気だ。今は君に引き受けてもらうことしか考えられない。マダムを喜ばせ、安心させるためにね」

にっこりと美しい瞳を細めて微笑んだローランドの表情からは、少しの嘘も見出《みいだ》すことはできなかった。

だから——というわけではなかった。偽『blue rose』に関することでも、彼の言葉に少しも嘘を見出せなかったが、結局は騙《だま》されたとわかったばかりだ。それでも彼の言葉を信じるほどには、僕もお人好《ひとよ》しじゃない。

実際問題として、パリ郊外まで連れてこられてしまっては、この城を脱出できたとしても帰国の手段がない。スーツの上着は脱がされており、警察手帳や携帯電話はローランドに取り上げられてしまっていた。

ここはローランドのとんでもない『依頼』を一旦了承してみせ、隙をついて外部への連絡を試みることにしよう。そう心を決めたのだった。

結果としてローランドを騙すことになるが、そこはお互い様だろう。それにローランドもまた、僕が考えているようなことは想定済みに違いない。

「……わかりました。できるかどうか、まるで自信はありませんが、身代わり役を引き受けます」

ローランドを見返し、頷いてみせる。途端にローランドの端整な——という言葉では足りないほどの美しい顔に晴れやかな笑みが浮かんだ。

「ありがとう！　リョーヤ、引き受けてもらえて本当に嬉しい……」

感極まった声を出し、握ったままになっていた僕の手を更に強く握り締めてくる。ローランドの瞳は潤み、白皙《はくせき》の頰《ほお》は紅潮して薔薇《ばら》色となっていた。

ただでさえ美しい彼の顔が、輝くばかりの美しさを放っている。思わず見惚れてしまいながらも僕は、これもまた彼の演技だとしたら凄《すご》いなと、心の中で呟《つぶや》いた。

「それならすぐに支度にかかろう」

そんな僕の心の声になど気づかぬ様子でローランドは弾んだ声を上げ、僕の手を握ったまま立ち上がった。

「アーサー！　支度だ」

そうして大きな声を彼が出した瞬間、静かにドアが開き、あのレストランにも現れたローランド腹心の部下、アーサーが後ろに大勢の召使いと思《おぼ》しき人たちを連れ室内に入ってきた。

「失礼いたします」

丁寧に頭を下げるアーサーにローランドが、実に上機嫌な声をかける。

「リョーヤが引き受けてくれた。すぐに彼にドレスを着せてやってくれ」

「はい、わかりました」

「ド、ドレス？」

いきなりもうウエディングドレスを着るのかと驚きの声を上げた僕の言いたいことがわかったのか、ローランドが「ああ、違うよ」と笑いかけてくる。

「マダムに対面するためのドレスだ。今日は具合がよいそうだからね。君の支度が終わったらすぐにも彼女のもとに連れて行こうと思っているんだ」

そう言うとローランドは、一体どのようなドレスを着せられるんだと眉を顰めていた僕の手をまた取り、それをすっと口元へと持っていった。

「それでは僕は席を外そう。またあとで。リョーヤ」

はっとし、手を引こうとした、その手をぐっと握るとローランドは手の甲に触れるようなキスをし、ぱっと離した。

そうしてにっこりと微笑み、部屋を出ていく彼の後ろ姿を、我知らぬうちに目で追っていた僕の前に、アーサーが立ちはだかる。

「それでは浴室へご案内します」

ローランドもまた美しい容姿をしていたが、このアーサーの美貌《びぼう》も際だっているのだった。

プラチナブロンドの長髪はストレートで、白い小さな貌《かお》を彩っている。

ローランドを『太陽神』にたとえると、彼は『月の女神』というに相応《ふさわ》しい雰囲気だった。

彼が従えている召使いらしき人たちもみな、それぞれに容姿が整っている。

美しい人の周囲には美しい人が集まるものなのか、などと、我ながらくだらないことを考えながら僕はアーサーのあとに続き、浴室へと向かった。

入浴後、バスローブをまとって浴室の外に出ると、待ち構えていた男女に取り囲まれてしまった。

まずは化粧と鬘《かつら》を装着されたのだが、それだけで二時間近くかかった。顔の上にもう一枚、皮膚を重ねられた、というくらい塗りたくっていたのに、できあがりには『厚化粧』感がまるでないのが不思議だった。

髪型は黒のセミロングで、肩までのストレートヘアだった。おでこを出しているので普段の顔とは違和感がある——って、化粧をしている時点で違和感はありありなのだが、ともあれ、鏡に映る自分はどう見ても女だった。

続いて衣装となったのだが、強力なボディスーツで身体《からだ》を締め付けられた挙げ句に胸に詰め物を入れられた。

こちらも自分の身体の上にもう一枚、皮膚を纏《まと》ったような状態だが、用意されていた襟《えり》の詰まったワンピースを着ると、体型でもとても男とはわからなかった。

いろいろと便利なものがあるのだな、と感心しつつ、鏡の前で、変身した自分の姿をまじまじと眺めていた、その鏡面にローランドが映る。

「リョーヤ。素晴らしく綺麗《きれい》だ」

ローランドが満足げに頷き、ゆっくりと僕へと歩み寄ってくるのを鏡の中に見ていた僕は、彼がすぐ近くまでくる前に振り返り、彼に問いかけた。

「孫娘のプロフィールを教えてください。いくつの設定なんです？　名前は？」

喋《しゃべ》りながら、いくら顔を変えようと、この声では男と知れてしまうのでは、と思わず口を閉ざす。

と、ローランドは僕の心を読んだかのように、にっこり笑うと、すらすらとその答えを口にした。

「君の名はマリアということにしよう。年齢は二十五歳だ。父上の名は佐伯一馬《かずま》。彼は既に他界している。君は両親亡きあと施設で育ち、五歳のときに横浜の裕福な会社員と養子縁組をして今に至る。フランス語は話せないということにすれば、喋らなくてもすむ。これでいいかな？」

「……わかりました」

実際、孫娘の行方はわからないということだったから、この『マリア』という名も、裕福な家に育ったということも、ローランドの創作であろう。

きっとそうあってほしいという願いがこめられているのだろうなと、思いつつ頷くと、ローランドはまたも僕の心を読んだかのように、にっこりと微笑み、聞こえないような声で礼の言葉を呟いた。

「ありがとう。リョーヤ」

「……マダムのことも教えてもらえますか？」

いよいよこれから対面するとなると、ある程度下知識は入れておいたほうがいいだろう。身代わり役を務めることは決して本意ではない。が、間もなく命の炎が尽きるという女性を自分の不注意な振る舞いでがっかりはさせたくなかった。

ローランドは僕の言葉に、少し驚いたように目を見開いたあと、ふっと微笑み、あまりに優しげな声でこう告げた。

「ありがとう、リョーヤ。やはり君を選んでよかった」

そうしてすっと屈《かが》み込んだかと思うと、僕の頬にキスをする。

「……あ……」

突然のことにただ呆然《ぼうぜん》とその場に立ち尽くしていた僕からローランドはすぐに身体を離すと、またもすらすらとマダムのことを説明し始めた。

「マダム・シャトーの年齢は七十歳。身寄りは行方不明の孫娘しかいない。慈悲深い、優しい方だ。その優しさにつけ込まれ、全財産を騙し取られてしまった。この城も手放さざるを得なくなり、パリの小さなアパルトマンで一人暮らしをしていたところ病に倒れたんだ。情けないことに僕はそのことをずっと知らなくてね……もっと早くに知っていればなんらかの手を施すことができたのに……」

そう言うローランドの顔は酷く悔しげだった。先ほど彼はマダムのことを『恩人』と言っていたから、できることなら少しでも命を長らえさせたいのだろう。

しかし、マダムはこの城を手放したという話だったが、それではもしや、と確認を取ろうとした僕に先んじ、ローランドが口を開いた。

「せめて最期の時は、マダムの生まれ育ったこの城で迎えさせてあげたい——そう思って買い戻したんだ。内装もできるかぎり当時のように再現した。マダムは今、彼女が寝室としていた部屋で休んでいる。これから会いに行こうと思うが、大丈夫かな？」

「あ……はい」

未だに自信はなかったが、ここまできたらもう、前に進むのみだ。腹を括《くく》った僕は、ローランドに向かいきっぱりと頷いてみせた。

「それでは行こう」

さあ、とローランドが腕を組みなさいとばかりに右手を少し折る。身体との間にできた隙間に手を入れると、ローランドは、よろしい、と微笑み、ゆっくりと歩き始めた。

「君と僕は日本で出会った。互いに一目見た瞬間に恋に落ち、結婚を考えることとなった。君の養父母は僕たちの結婚を祝福してくれている……ここまでが君に用意されたシナリオだ。わかったかい？」

広い部屋を突っ切り、廊下を歩きながらローランドは僕にそう説明し、顔を覗き込んできた。

「……はい」

頷いた僕の顔が強張《こわば》ってしまっていたのは、今更のように緊張してきたためだった。孫娘ではないとバレるのではないか。それ以前に男であることがわかってしまうのでは、と、女性にしては高い身長をますます高く見せているヒールの靴を見下ろす。

「大丈夫。君はただ、微笑んでいてくれればいい」

ローランドには僕の不安が手に取るようにわかるのか、にっこりと優しげに微笑むと、任せておけ、とばかりに大きく頷いてみせた。

城の中はかなり広く、建物の最上階にあるマダムの寝室に到着するまでには五分近くかかった。

「それじゃ、行くよ」

ローランドが僕に声をかけ、ドアをノックする。

「はい」

細い声が響いてきたのを聞き、ローランドはまた僕に頷いてみせると、すぐにかちゃりと音を立て扉を開いた。

「マダム・シャトー、ご気分はいかがです？」

薄暗い室内の真ん中に、天蓋《てんがい》付きのベッドがあるのが見える。まさに映画で観たとおり王侯貴族の用いる寝室そのものだ、と思いつつ、ローランドに導かれベッドへと近づいていく。

「ああ、ローランド。来てくれたのね」

天蓋の薄い幕の向こうに微《かす》かに人影が見える。どうやら上半身を起こしているらしいその人物の声は細くはあったが、圧倒的な気品が感じられた。

「マダムに会わせたい人を連れてきたんですよ」

僕の知るローランドの口調は普段から優しげなものだが、この婦人に対するときには尚《なお》一層優しく感じられた。

優しいばかりでなく、溢《あふ》れるほどの愛情をも感じる、と彼の横顔を見上げる。

「……会わせたいって……もしや、ローランド……」

と、幕の向こうで婦人が息を呑《の》む気配がした。直後に婦人はごほごほと咳《せ》き込み始め、それを聞いたローランドは慌てた様子でベッドに駆け寄り幕を捲《めく》った。僕も彼のあとに続く。

「大丈夫ですか？　マダム」

心の底から心配している様子のローランドが、マダムの背を支えるようにして顔を覗き込んでいる。彼の後ろからそっと覗くと、マダムの姿がようやく見えた。

「大丈夫よ、ごめんなさいね、心配かけて……」

銀色の髪を一つにまとめている、綺麗な老婦人だった。酷く痩《や》せてはいるが、今咳き込んだせいか頬が紅潮し、そう顔色は悪く見えない。

ただ、ローランドが握る手は本当に骨張っていて、彼女の寿命が間もなく尽きるという運命は避け難いものなのかと思わしめた。

「それより……」

マダムの視線が僕へと向けられる。それに気づいたローランドは、にっこりと僕に向かって微笑み、手を伸ばしてきた。

「おいで、マリア」

「……っ」

はい、と返事をしかけて、声を出してはいけないのだと気づく。駆け寄りたいが、慣れないヒールの靴のせいで足下が覚束《おぼつか》なく、震える足でローランドに近づいていく。

が、それがかえって『孫娘』が祖母に会うのに緊張しているといった感じになったようで、ローランドは満足そうに僕に微笑んでみせたあとに、食い入るように僕の顔を見ていたマダムへと視線を戻した。

「マダム、あなたのお孫さんです。連れてくるのがこうも遅くなってしまい、本当に申し訳ありませんでした」

「この子が……アンヌの……」

マダムが目を見開き、僕に両手を伸ばしてくる。

「はい……ただ、手紙にも書きましたが、ずっと日本で暮らしていましたので、フランス語は話せないのです」

残念ながら、とローランドが言い、僕に日本語で話しかけてきた。

「マリア、こちらが君のおばあさまだ。手を握ってやってくれないか？」

「……っ」

ローランドが日本語を話せることには正直驚いた。が、それを顔に出すより前に彼に目で合図され、しまった、と目を伏せると僕は、マダムに近寄り、枯れ枝のように細い手を握った。

「……マリア……顔を見せて……？」

マダムの淡いブルーの瞳に涙が盛り上がり頬を伝って流れていく。

「…………」

あまりまじまじと顔を見られると、偽者とバレるかもしれない。そう思いはしたが、泣き濡《ぬ》れるマダムを前にし、顔を背けることはできなかった。

「……アンヌに面差しが似ているわ……ああ、マリア……私を……私を許して……」

マダムが僕の手を握り締め、泣きじゃくり始めた。細いその指からは想像できない強い力で腕を摑《つか》まれ、言葉を失っていた僕だが、マダムの涙を止めたくなり、思わず呼びかけてしまっていた。

「泣かないでください……マダム……」

「……え？」

僕の声を聞き、マダムがはっとしたように顔を上げる。しまった、声で男とバレたか、と冷や汗をかいたが、どうやらマダムは僕が喋った日本語の意味がわからなかったようだった。

「ローランド」

救いを求めるようにマダムがローランドを見る。と、ローランドは慈愛の笑みを浮かべながらマダムにフランス語で僕の言葉を伝えた。

「マリアはマダムに、泣かないでほしいと言ったんです。彼女はあなたのことを恨んでなどいない。両親には早くに先立たれましたが、その後何不自由なく暮らしていましたのでね。あなたというおばあさまがいると知り、マリアはとても喜んだのですよ。マリアがあなたに会いたいと言ってくれたので、こうして連れてきたのです」

「……本当なの……？　私を……私を恨んでいないと……？」

ローランドの話を聞いても尚、マダムは涙を流し続けていた。彼女が胸に抱《いだ》く罪悪感がそうさせるのだろうとわかったものの、どうしたらその罪悪感を払拭《ふっしょく》してやれるのかはわからない。

それで僕は、指示を仰ぐためにローランドを見た。ローランドは笑顔を浮かべたまま、声を潜め早口の日本語で答えを与えてくれた。

「おばあさまと呼んであげてほしい。そして恨んでないと……これは日本語でいいよ」

「…………」

わかった、と頷いたものの、内心僕は、本当にこれでいいのかと思わずにはいられないでいた。それでもマダムの涙は止めてあげたくて、迷いながらもマダムの手を握り締め、フランス語で呼びかけた。

「……おばあさま《グラン・メール》」

「おお、神様……っ」

それを聞き、マダムの目からは新たな涙が流れ落ち、どうしたことかと僕を慌てさせた。

「恨んでなどいません。少しも。だからおばあさま、泣かないで」

慌てたあまり、フランス語ができない設定であったことも忘れ思わずそう呼びかける。と、マダムはますます泣きじゃくり、そのせいでまた咳き込んでしまった。

「大丈夫ですか？」

「マダム、さあ、横になったほうがいい」

ぎょっとし声をかけた僕の横からローランドが身を乗り出し、僕の手から彼女の手を解かせると、ゆっくりと寝台へと横たえてゆく。

「……大丈夫よ……ああ、もう、これで思い残すことはないわ……」

咳き込みながらもマダムはそう言い、相変わらず涙が次々と目尻から流れ落ちるその目を真っ直ぐに僕へと向けてきた。

「…………」

僕の胸に鋭い痛みが走る。

やはり安易に身代わりなど引き受けるべきではなかった、という後悔の念が胸に渦巻いていた。

「何を仰《おっしゃ》るのです、マダム。すべてこれからですよ。まずは明日、あなたの前で彼女と結婚式を挙げ、永遠の愛を誓います。立会人になっていただけますよね？」

ローランドがそう言い、ね、というように僕に微笑みかけてくる。マダムの手前、頷かないのはマズいだろうと、なんとか笑顔を作り頷いたものの、胸の中の後悔の念はますます色濃くなっていった。

「それではまた明日、参ります。どうかゆっくり休んでください」

ローランドがマダムの涙に濡れる頬を指先で包み、そっと唇を額へと近づける。

「ローランド、ありがとう」

マダムの涙はようやくおさまったようだった。にっこりと微笑む顔は本当に幸せそうに見える。見つめ返すローランドもまた、幸せそうな顔で微笑んでいた。

「これしきのこと……僕があなたに受けた恩義を思えば、当然のことです」

ローランドの言葉に、マダムが首を横に振る。

「私は私にできることをしただけ……恩義など感じる必要はないわ」

「マダム……」

少し疲れたのか、マダムが目を閉じる。その顔をじっと見下ろすローランドの顔から笑みが消え、代わりに切なげな表情が浮かんできた。

「私もあなたの存在に助けられてきたわ……あなたがいたから寂しくなかった。たとえ娘と別れても……」

やがてマダムの声が小さくなり、微かな寝息が聞こえてくる。

「……眠ったようだ」

切なげな表情のままローランドは誰にともなく呟くと、そっとマダムの上掛けを直し、僕を振り返った。

「戻ろう」

「……はい……」

頷き、ローランドが伸ばしてきた手に手を重ねる。触れてみて僕は、ローランドの指先が細かくぶるぶると震えているのに気づき、はっとして彼を見た。

「……………」

ローランドは僕の視線を受け止めはしたが、何も言わずに首を横に振ると、足音を立てぬようそっとベッドを離れようとした。僕も彼に倣い、できるだけ静かに部屋を出る。

やはり音を立てぬようにドアを閉めたあと、ローランドは僕に向かい、青い瞳を細めて微笑んでみせた。

「ありがとう。いい演技だった」

「……………」

果たしてこんな『演技』は本当にマダムのためになるのか。胸に燻《くすぶ》る思いを訴えようとした僕の声が喉《のど》の奥に呑み込まれる。

何も言えなくなったその理由は、ローランドの瞳が酷く潤んでいることに気づいたためだった。

「行こう」

ローランドが僕の手を引き、ゆっくりと歩き始める。彼と並んで歩こうとすると、ローランドは少し足を速め、前に出ようとした。

「？」

どうしたのか、とまた足を速めると、ローランドの歩調は更に速くなる。その理由を僕は、前方から響いてきた彼の声音から知ることとなった。

「もう何日ももたないと医者から話は聞いていたが、信じちゃいなかった……こうして顔を見るまでは……ね……」

彼の声はいつになく掠《かす》れ、語尾が震えていた。僕の目から見てもマダムの病状は決していいとはいえないものだったがゆえに、ローランドのやりきれない気持ちはわかる、と僕は歩調を緩め彼の後ろを歩いた。

「…………」

ローランドが礼を言った気がしたが、その声は聞き取れないほどに小さく、そして震えていた。

マダムの前では常に微笑みを湛《たた》えていた彼の美しい顔は今、涙に歪《ゆが》んでいるのだろう。愛する人の命が間もなく尽きようとしている。それがいかなる悲しみをもたらすものか、わかるだけに僕は、何か慰めの言葉をかけてやりたいと思ったものの、何を言えばいいのか少しも言葉が浮かんで来ず、ただ少し前を歩く彼の背中を、項垂《うなだ》れるその金髪を、無言のまま見つめ続けた。

6

部屋に戻ると僕はすぐに、室内に控えていたアーサーに浴室へと連れていかれた。

そこでは何人もの男女がまた控えていて、僕の顔から化粧を落としてくれたり、一人では決して脱げないボディスーツを脱がしてくれたりした。

その後の入浴は勿論《もちろん》一人だったが、湯船につかりながら僕は、これまでの出来事を思い起こし、なんともいえない展開に深く溜め息をついた。

偽『blue rose』は存在したし、それにICPOがかかわっていたことも事実だった。が、それは本物を——ローランドを捕らえるための罠《わな》であり、担当を外されたはずのキースもまたその『罠』には加わっていた。

もしかしたら偽者を使うというアイデアは、キースが出したものかもしれない。そんな考えが頭にふと浮かぶ。

ローランドとキースの二人は一年前、丁々発止のやりとりを繰り広げた経緯がある。出し抜き、出し抜かれ、の連続だったが、結局軍配はどちらに上がったのかというと——ローランドを逮捕できなかったのでキースの負けという気もするし、ローランドの正体が暴かれたという意味ではローランドの負けという気もする。

側でその様子を逐一見ていた僕でさえ、勝敗をつけかねるのだから、二人の能力は互角といっていいだろう。

判断力も行動力も卓越したものをもっているローランドを逮捕できるのは、彼と同等の能力を持つ者しか――キースしかいない。そのキースが今回、勝負に打ってでたのではないかと、僕はそう思ったのだった。

だが、キースの計画はすぐにローランドに知れることとなった。ローランドは逆にそれを利用し、僕を誘拐した――？

誘拐の目的はマダム・シャトーの孫娘の役をさせるためだというが、その役目は僕じゃなくてもいいように思えて仕方がない。

本物の女性を連れてきたほうが、不自然さはなかったのではないか、と首を傾げた僕の脳裏に、ローランドの言葉が蘇《よみがえ》った。

『君じゃないと駄目なんだ。マダムはありがたいことに僕の将来も心配してくれている。孫娘を見つけることはできなかったが、愛してもいない人を僕の「花嫁」としては彼女に紹介できない。だから君を連れてきたんだ』

あれは本気だったのだろうか――自然と溜め息を漏らしてしまっている自分に気付き、本気のわけがないじゃないか、と首を横に振る。

愛してもいない人間を花嫁としては紹介できない、だから僕を花嫁にしたい。その言葉の裏に込められた意味はおそらく、僕を愛しているというものだろう。

本当にローランドは僕を愛しているのだろうか。一年前、確かに彼は僕に愛を囁《ささや》いてきた。が、その後はずっと音信不通だった。

その彼が僕を愛していると？　ああも美しい、そして頭もよく行動力もある——それゆえ逮捕できずに困っているのだが——男に愛されるような要素が自分にあるとはとても思えない。

何かの間違いではないのか、とまたも溜め息をついていた僕の頭に、ふと、キースの顔が浮かんだ。

キースもまた、凛々《りり》しく、男らしく、そして頭脳明晰《めいせき》で行動力も抜群だ。刑事としての能力は卓越していて、他の追随を許さないほどだ。

その彼がなぜ、僕のような、これといって取り柄のない男をパートナーに選んでくれたのか。それもまた謎だ、と首を傾げたとき、もしや、という思いが浮かんだ。

もしやキースもまた、そのことを『謎』と思うようになったのではないだろうか。

だからこそこのひと月というもの、音信不通だったのでは？

「…………」

違う、と首を横に振った弾みで、湯面がちゃぷちゃぷと揺れ、僕ははっと我に返った。随分と長く湯に浸《つ》かっていたため、気づけば逆上《のぼ》せそうになっている。本当に何をやっているんだか、と自分で自分に呆《あき》れてしまいながら僕は湯船を出、髪や身体を洗って浴室を出た。

用意されていたバスローブを身につけベッドの置いてある部屋へと通じるドアを開く。まだ少し頭がぼうっとしていたので、風にあたろうと窓辺に進み、どうやら外がテラスとなっているらしいと察して窓を開けた瞬間、目に飛び込んできた光景に僕は思わず小さく声を上げてしまっていた。

「……あ……」

「……やあ……」

石造りの手摺《てす》りに腰を下ろし、空を見上げていたローランドが、僕に気づき笑いかけてくる。

ずっとそこにいたのか、と思いながら、彼の見ていた空をちらと見やると、そこにはほぼ円形をしている大きな月が浮かんでいた。

「明日が満月だそうだよ」

僕の視線を追い、再び空を見上げたローランドが、ごくごく普通の口調でそう、話しかけてくる。

「……そうですか……」

頷きながらも僕は、つい先ほど別れたばかりの彼の様子を思い出していた。

死に瀕しているマダムを思い、涙を堪《こら》えていた彼の、震える背が脳裏に蘇る。

「月の満ち欠けは潮の満ち引きに関係しているんだったか……人が生まれるのも、そして亡くなるのも、夜明け前だそうだね」

まだ少し、時間があるな、とローランドがまた月を見上げた。僕もまた彼に倣って月を見る。

「……湯冷めをするよ」

暫《しば》し二人して月を見上げたあと、ローランドがふと我に返った顔になり、僕に微笑みかけてきた。

「いえ……ちょっと逆上せてしまったので……」

風に当たろうと思ったのだ、と続けようとした僕に、ローランドがすっと手を差し伸べてくる。

「だったらこっちにおいで。君のために場所を空けよう」

テラスには椅子になるものがない。唯一、手摺りがその役割を担うものであったために、ローランドは自分が立ち上がろうとしてくれていた。

「いえ、別に……」

一人物思いに耽《ふけ》る彼の邪魔をするつもりはなかった、と僕は慌てて首を横に振り、再び部屋へと戻ろうとした。が、ローランドは既に立ち上がっており、ゆっくりと僕に歩み寄ってきた。

「それじゃ、一緒に座ろう」

さあ、と僕の手を取り、再び手摺りへと戻る。狭くはあったが並んで腰かけられないこともなく、僕は彼に導かれるまま手摺りに腰かけ、月を見上げた。

少し冷たく感じる風が頬に心地よい。自然と目を閉じてしまっていたが、頬に指先の感触を得、はっとして目を開いた。

「……リョーヤ」

あまりに近いところに、ローランドの青い瞳がある。反射的に身体を引こうとしたが、一瞬早く伸びてきた彼の手に、抱き締められてしまっていた。

「あ、あの……」

やめてください、と身体を捩《よじ》ると、ローランドは簡単に腕を解いてくれたものの、彼の右手は僕の腰に残ったままだった。

それまで振り解くのはなんとなく躊躇《ためら》われ、そのまま彼と並びテラスの手摺りに腰かけた。

ローランドが僕の目を覗き込むようにして微笑みかけてくる。

「君には感謝している。マダムの前で話を合わせてくれてありがとう」

「いえ……すみません」

謝ったのは、彼に言われた設定を忘れフランス語を喋ってしまったためだった。

「何を謝るの？」

ローランドは気づいていなかったのか、目を見開き問いかけてくる。先ほどの笑顔も、そして今の不思議そうな表情も、本当に目を奪われるほどに美しい、と思わず見惚れてしまう。

近くで見ると彼の美貌はますます迫力があり、なんだか上手《うま》く考えがまとまらない。美しさというのも武器になるのだな、などと、それこそどうでもいいことを考えながら僕は、謝罪の理由を説明した。

「話すなというのに、マダムに話しかけてしまいましたし……」

「なんだ、そんなことか」

ローランドがふっと微笑み、僕に顔を近づけてくる。花のような笑顔に見惚れているうちに、その笑顔がそれこそ焦点が合わなくなるほど近づけられ、はっとして身体を引きかけた僕と額を合わせるようにして、ローランドが再び口を開いた。

「フランス語ができない設定にしようというのは、君が男だとバレるのではないかと心配していたからだよ。僕は杞憂《きゆう》だと思っていたけれどね」

「…………」

だからまったく問題ないよ、とローランドは微笑むと、すっと僕から離れた。

なんとなく安堵《あんど》の息を吐いてしまった僕を見て、ローランドが少し複雑な表情になる。

「あの？」

と問いかけるとローランドは、

「いや……」

と苦笑し、暫し言葉を探すように黙り込んだあとにおもむろに口を開いた。

「なぜ、君が他の男のものなのだろうと思うと、酷く悔しくてね」

「……？」

唐突な話題転換に一瞬ついていかれず、首を傾げかけた僕は、続くローランドの言葉で、彼の言いたいことをようやく理解したのだった。

「君の心には相変わらずあの男が――ＩＣＰＯ《アイシーピーオー》のミスター・北条《ほうじょう》がいるんだろう？」

「……あ……」

問いかけられた内容は事実だったが、頷くのが躊躇われそのまま固まってしまっていた僕の前でローランドがまた苦笑する。

「やはりね……」

「…………………」

がっかりしたように肩を竦《すく》めてみせるローランドの仕草は幾分芝居がかっていた。なんだ、やはりからかわれたのか、となぜか安堵しつつ彼から目を逸《そ》らせた僕の耳に、ぽつりと呟くローランドの声が響く。

「僕なら君に、隠し事などしないのにね」

「……っ」

思わず彼を見やってしまった僕は、そこに切なげな表情を見出し、はっとしてまた目を逸らせた。

「……どうしたの？」

ローランドが僕の視線を追いかけるようにし、顔を覗き込んでくる。

「……なんでもありません」

首を横に振りながらも僕は動揺を抑えきれずにいた。

『僕なら君に、隠し事などしないのにね』

ローランドの言葉が頭の中で巡っている。

『blue rose』の捜査からは外れておらず、偽『blue rose』を仕立てて本物をおびき寄せるという計画を、キースは僕に明かしてはくれなかった。

そうとは知らない僕がいくら連絡を入れても、彼は決して僕とコンタクトを取ろうとしなかった。

おそらく彼が立てたに違いない偽『blue rose』のプランは極秘事項であろうから、彼が僕にそれを伝えないのは当然だ、と僕は今まで納得していた——否、納得しようとしていた。

僕も機密事項はキースに知らせることはない。それがルールなのだから、彼が僕に隠し事をしようが、そのために連絡を取らなかろうが、仕方のないことだと考えるようにしていたが、本音を言えばいくら『仕方のないこと』であろうと、僕には明かしてほしかった。

　僕が他人に喋るとでも思ったのだろうか。言うなと言われれば喋りはしなかった。いや、違う、キースはメールや携帯電話を傍受されることを恐れたのだ。僕を信用しなかったわけじゃない。

　冷静になれ、と自身の心の葛藤《かっとう》と闘っていた僕は、頬にローランドの指先を感じ、はっと我に返った。

「……あ……」

「僕は君を不安に陥れることも、悲しませることも、そして――苦しませることもしない。約束するよ？」

　言いながらローランドがゆっくりと唇を寄せてくる。

　不安、悲しみ、そして苦しみ――今、まさにその渦中にあった僕は思わず目を閉じ、ローランドの唇を受けとめようとしてしまっていた。

「……リョーヤ……」

　僕の名を甘く囁くローランドの唇が僕の唇に迫る。彼の吐息を唇に感じた瞬間、僕は、いけない、とローランドの胸を押しやっていた。

「リョーヤ？」

「……すみません……」

流されそうになってしまっていた自分が信じられなかった。いくら心が弱っていたといっても、ローランドの甘美な声音に、囁かれる言葉の優しさに、甘えようとした自分が情けない。

ローランドが真剣に僕を思ってくれているのだとしたら——それを疑うことこそ失礼なのかもしれないが——彼に対しても悪いじゃないか、と頭を下げた僕の髪に、ローランドの繊細な指が触れた。

「……このままでは湯冷めをするね。もう部屋に戻ったほうがいい」

顔を上げると、優しげに僕を見つめるローランドの青い瞳がある。まっすぐに僕を見つめるその瞳には、何か言いたげな色があった。が、ローランドは僕が彼を見返すと、にっこりとその青い瞳を細めて微笑み、瞳の中のもの言いたげな影はすっと奥へと吸い込まれていった。

「花嫁に風邪を引かせるわけにはいかないからね」

さあ、とローランドが僕の手を取り立ち上がる。そのまま彼は僕をベッドサイドまで連れていくと、両頬を手で包み、額にキスをした。

「おやすみ。僕の花嫁」

「……おやすみなさい」

微笑むローランドに挨拶を返す。ローランドは、また、何か言いたげな顔をしたが、やがておどけた様子で肩を竦め、こんな言葉を口にした。

「そうもセクシーな格好をしている君を前に、理性を働かせた僕を誉《ほ》めてもらいたいな」

「え？」

意味がわからず問い返したときには、ローランドは踵《きびす》を返していた。

「それではまた明日。午前十時には迎えにくるよ」

おやすみ、とローランドが部屋を出ていく。バタン、と扉が閉まってようやく僕は、自分が未だバスローブ姿でいることに気づいた。

セクシーかはわからないが、人前に出る格好ではない。ベッドの上には裾《すそ》の長い寝間着が用意されていたのでそれに着替え、バスローブを浴室に戻してから上掛けの中に潜り込んだ。

目を閉じると今までの出来事があれこれと、めちゃめちゃな順番で浮かんでくる。

今頃キースは何をしているのだろう――ちらと見たきりの彼の姿を思い浮かべる僕の口から、深い溜め息が漏れていた。

ローランドに仕かけた罠を見抜かれていることがわかった今、彼をはじめＩＣＰＯは新たな手を考えるのに必死になっているのではないか。

ローランドの行方を追いたくとも、何も手がかりがなければここへは辿《たど》り着かないだろう、とまたも溜め息をつく僕の耳に、もう一人の自分の声が響く。

なぜ、キースがここに来ると思うのか。彼は今、新たな罠を仕かけることだけで頭がいっぱいになっているんじゃないのか？　お前を助けにきてくれるなんて考えているのだとしたら、おめでたすぎるぞ。

「…………………」

確かにその通りだ、と僕は三度、深い溜め息をつき、やりきれない思いからごろりと寝返りを打った。

キースにもし少しでも、僕への思いが残っていたとしても、彼にとっての最優先はローランドの——『blue rose』の逮捕だ。

そのために奔走しているであろう彼を責めることはできない。頭ではそう納得しているのに、胸には重いしこりがあった。

本当にキースの心に少しでも僕への思いが残っていてくれるといい。それがわかればこのしこりは消えるのに。

自分でも呆れるくらいに女々しい考えが浮かぶことに、自己嫌悪が募る。

僕だってローランド逮捕を真っ先に考えねばならないというのに、今、頭の中の九割を占めているのが、キースの気持ちだなんて。本当に僕は警察官か、と自身を叱咤《しった》しつつ、明日の結婚式が終わったあと、いかにしてローランドを捕まえるか、それを考えようとするのだが、次々と浮かんでは消えるキースの面影に邪魔され思考がままならない。

本当に情けない、と己の不甲斐《ふがい》なさを嘆きながらも僕は、キースの面影を胸にその夜、眠れぬ時間を過ごした。

翌朝十時に、アーサーがまた何名もの召使いを伴い部屋に現れた。

「眠れませんでしたか」

目が腫《は》れていたからか、アーサーが心配そうに問いかけてくる。

「いえ、大丈夫です……」

澄んだ金茶の瞳が眩《まぶ》しくて、思わず目を伏せる。と、アーサーは、

「それでは浴室へ」

と僕の前に立ち、浴室へと向かっていった。

また風呂に入ったあと、昨日同様、顔と身体が作られていく。メイクは昨日よりもより念入りに、フォーマルなものになった。

体型を作られ、ウエディングドレスに袖《そで》を通す。そういえば一年前にも、捜査のためにウエディングドレスを着たことがあった、と僕は当時を思い出した。

女性だって一生に一度着るかどうかのウエディングドレスを、二度も着る羽目に陥るとは、となんだか情けなく思いつつ、鏡の中の自分を見る。

「お綺麗です」

鬘を装着してくれていたアーサーが鏡越しににっこりと微笑みかけてきたが、彼の素顔のほうが余程綺麗だ、と僕はその美貌に見惚れた。

ふと好奇心が芽生え、鏡越しに彼に問いかけてみる。

「あなたはいつからローランドと行動を共にしているのですか？」

アーサーは僕から質問が投げかけられるなど、まったく想像していなかったようで、一瞬手の動きが止まった。が、すぐに笑顔になると、鏡越しに僕を見ながらすらすらと答えてくれた。

「十二の頃からです。身寄りのない僕をローランド様が不憫《ふびん》に思い、お側に置いてくださったのです」

「……そうでしたか……」

そのあたりの事情ももう少し突っ込みたかったが、アーサーにこう問いかけられては何も言えなくなってしまった。

「もしや、ローランド様に、興味を持たれましたか？」

優しげに微笑みながらも、アーサーの目は笑っていないような気がする。

「あ、いや、ローランドというより、あなたに興味が……」

それでつい本音を言うと、アーサーはまた驚いたように目を見開いたあと、にっこりと微笑んで寄越した。

「それは光栄です」

「……はあ……」

少しも『光栄』とは思っていない様子の彼に、なんと相槌を打っていいのか迷い、ただ俯《うつむ》く。そうこうしている間にアーサーは僕につけた長髪の鬘を結い上げ、ヴェールを装着してくれた。

「綺麗にできました」

いかがですか、と問われ、鏡を見る。

「…………」

そこには一人の花嫁が映っていた。男であるとはとても思えない作り込まれた顔を、ついまじまじと見てしまう。

顔を覆うヴェールは今、後ろへと下ろされていた。それにしても凄いメイクの技術だ、と自分の顔とは思えぬ顔を見ていると、背後から聞き覚えのある声が響いてきた。

「マダムも喜んでくれるだろう。実に美しい花嫁だね」

「ローランド様」

アーサーの呼びかけにはっとし、立ち上がる。そこにはモーニングを身に纏ったローランドが、にっこりと微笑みながら佇《たたず》んでいた。

「アーサー、ご苦労。リョーヤの美しさをこうも引き出してくれるとは」

ローランドが嬉しげな声をアーサーにかける。

「おそれいります」

アーサーは恭しげに頭を下げると、それでは、とその場を立ち去っていった。

「これを、胸につけてほしい」

その姿を目で追っていた僕のすぐ前にローランドが立ち、ウエディングドレスの胸に何かをつけようとする。

「それは……」

見覚えのあるブローチだった。どこで見たのだか、と考えを巡らせ、はっと思い出す。

確かそのブローチは、沢木《さわき》社長主催の展示会で披露される、出展物の一つだった。他の展示物がダイヤばかりであるのに、これは真珠の凝った細工もので、珍しいなと思ったのだ。

「白に白はあまりあわないかな」

ローランドが苦笑しつつつけ終えたブローチから再び彼へと視線を戻す。と、ローランドは僕が言いたいことを察したのか、にっこりと微笑みながらブローチの説明をしてくれた。

「このブローチはマダムの家に伝わるものなんだ。マダムからお嬢さんのアンヌに引き継がれたものが世間に流出した」

「……それで、あの展示会場に？」

僕の問いかけにローランドは「やはり覚えていたか」と笑うと、そうだ、と頷き言葉を続けた。

「日本に渡ってすぐ、生活苦からアンヌはこれを売ってしまったらしい。価値のわからない人間の手に渡り、そう高値では売れなかったようだが、やがて好事家の間で本来の価値があきらかになり、高額取引されるようになった。最後には沢木社長の手に渡ったが、彼がこの価値をわかっていたかは疑問だね」

「……………そうですか……」

頷きながらも僕は、もしやローランドがあの展示会を狙ったのはこのブローチのせいかと気づいていた。

だからこそ、偽者の罠を逆手に取ったのだろう。と頷いたとき、ふと、もしやキースもまたローランドが欲するものが何かに気づいていたのでは、と思い当たった。

気づいていたからこそ、このブローチそのものではなく、ティアラに予告状を出したのでは、と、そこまで考えたとき、廊下のほうからドタドタと皆が走り回る慌ただしい足音が響いてきた。

「何事だ？」

ローランドも気づいたようで、眉を顰め、周囲に向かって声をかける。と、そのとき、

「ローランド様っ」

という焦った声と共に扉が開き、顔色を変えたアーサーが室内に飛び込んできた。

「どうした、アーサー」

問いかけるローランドの声がそこで止まる。ドアのほうを見ていた僕もまた、驚愕《きょうがく》のあまり声を失ってしまっていた。

というのも、アーサーの後ろから現れたのは——。

「手荒な真似はしたくない。手を上げて涼也《りょうや》から離れるんだ」

キースがアーサーに銃を突きつけ、ローランドを厳しい目で睨《にら》み付けている姿を前に、僕は自分が夢でも見ているとしか思えず、呆然と立ち尽くしてしまっていた。

7

「手荒な真似って、充分手荒だと思うが」

ローランドが苦笑し、そう告げた声に僕ははっと我に返った。

「キース！」

思わず呼びかけると、キースの視線が僕へと移ったが、すぐにまたローランドへと戻っていった。

「早く涼也から離れるんだ」

「わかった……わかったから、本物のブローチをくれないかな？」

ローランドが苦笑しつつ、真っ直ぐキースへと近づいていく。キースは無言のままポケットを探ると、ほら、というようにローランドに何かを差し出した。

「あ……」

それは僕の胸を飾っているのと寸分違《たが》わぬ真珠のブローチだった。

「まったく、僕としたことが、同じ手にひっかかるとはね」

ローランドが苦笑し、ブローチを受け取る。

「しかしICPOの贋作《がんさく》の技術は素晴らしいな。僕もすっかり騙された」

言いながらローランドはブローチを僕へとかざしてみせた。

「リョーヤ、こっちにきて、ブローチをつけかえてもらえないかな？　さすがにマダムに偽物を見せるわけにはいかないから」

「あの……」

わけがわからない、と彼を、そしてキースを見る。と、キースの背後から、わらわらとスーツ姿の外国人が室内へと入ってきて、ローランドを取り囲んだ。

「あ」

中にクリスの姿を見出し、驚いて声を上げる。と、クリスが僕へと視線を向けたかと思うと、ヒューと口笛を吹いてみせた。

「リョーヤ、綺麗だ。その姿を見られただけでも来た甲斐があったな」

「…………」

なんとも切り返しのしづらいことを言われ、リアクションに困っていた僕の耳に、キースの不機嫌としかいいようのない声が響いた。

「涼也、無事か」

「あ、はい」

頷き、キースを見る。と、キースは既に僕へと歩み寄ってきており、じっと顔を見下ろしてきた。

「悪かった。連絡もせず」

「…………いえ…………」

首を横に振り、キースを見上げる。キースは何かを言いたそうな顔をしていた。

「あ……」

彼の前にこんな——女装などというとんでもない姿を晒《さら》していることに今更のように羞《しゅう》恥《ち》に襲われ、僕は彼から目を逸らせると、慌ててヴェールを取ろうとした。

「待ってくれ」

と、そこにローランドの酷く思い詰めた声が響き、僕の動きを止めさせた。

「ミスター・北条。ここまできたら逃げる気はない。だが、あと半刻だけ待ってもらえないか。マダムの前で結婚式を挙げさせてほしい。それが終われば牢獄《ろうごく》だろうが死刑台だろうが、どこへでも行くよ」

「…………」

ローランドの顔は笑っていたが、瞳には真摯《しんし》な光が宿っていた。キースが彼を見、そして僕を見る。

「……マダムは余命幾許《いくばく》もないんです……」

キースと視線が絡まったと同時に、僕の口からはその言葉が漏れていた。キースが少し驚いたように目を見開く。

彼はもしかしたら、僕が無理矢理ここに連れて来られ、無理矢理こんな格好をさせられていると思っていたのではないかと思う。

まあ、それは半ば正解ではあるのだが、ともあれ、キースは僕が『挙式』を望んでいるとは考えていなかったようだ。

なので僕が、ローランドの言うことに耳を傾けてほしいという発言をしたことを酷く驚いていたようだが、やがて、抑えた溜め息をつくと、僕から視線を外し、ローランドを見やった。

「わかった……が、俺も同席する」

「え？」

「ありがとう」

キースの言葉に驚きの声を上げたのは僕だけで、ローランドは心底ほっとしたように微笑むと、僕へと声をかけてきた。

「リョーヤ、ありがとう。もう少しだけ付き合ってくれるかい？」

「あ、はい……」

頷いた僕をキースがキッと睨む。犯罪者相手に馴《な》れ合うな、ということかなと察し、僕は慌てて彼に向かい、

「申し訳ありません」

と詫《わ》びたあとに、

「実は……」

と事情を説明しようとした。が、キースは僕の説明を封じた。

「話はあとだ。すぐ、挙式とやらをすませてもらおう」

そう言い、じろりとローランドを睨む。

「ありがとう。すぐにすませるよ」

ローランドが微笑むと同時に、キースに目で合図されたらしく、彼を取り囲んでいた男たちがすっと銃を下ろした。

「それでは行こうか、リョーヤ……いや、マリア」

ローランドが僕へと歩み寄り、ブローチをつけ終えたあとにすっと右手を差し伸べてくる。

「ローランド様！」

銃を突きつけられていたアーサーが名を呼ぶと、ローランドは視線を彼へと向け、心配ない、というように微笑んだ。

「少し居心地は悪かろうが、辛抱してもらえるとありがたい」

「……わかりました。どうかお気を付けて……」

アーサーが泣きそうな顔でローランドに声をかける。ローランドは、わかった、と頷くと、キースを見やり、にっこりと、それは優雅に微笑んだ。

「あなたはマリアの——リョーヤの遠縁で、婚礼の立会人ということでよろしく頼む」

「……わかった」

キースが実に不本意そうな顔で頷く。彼が何も説明を求めないのはもしや、おおまかの事情を既に知っているからではないのか、と思ったが、それを確かめる時間はなかった。

「それでは『マリア』、行こう」

ローランドが僕に向かい、腕を組むようにと左手を折る。

「……はい……」

頷き、その腕に腕を絡めると、キースが微かに舌打ちする声が聞こえた。え、と思い振り返った僕を、キースがじろりと睨む。

「行くんだろ？」

「あ、はい……」

睨みながらも促してきた彼に頷き返すと僕は、ローランドのエスコートでマダムの部屋へと向かった。

僕とローランドのあとについてきたのは、キース一人だった。クリスらＩＣＰＯの刑事だちが共に向かうといったのを、キースが必要ないと退けたのだ。

「しかし僕としたことがすっかり騙された。あの展示会に罠を仕かけたのは偶然でもなんでもなかったんだな」

マダムの部屋へと向かう道すがら、ローランドは実に楽しげな口調でキースに話しかけていた。

「あのブローチを僕が狙っていたことはお見通しだったというわけだ。さすがはミスター・北条。おそれいったよ」

対するキースは何も喋らず、じっと前を向いている。相手にされていないことはわかっているだろうに、ローランドは尚も陽気に彼に話しかけ続けた。

「どうしてわかったんだ？　このブローチは我がモリエール家に伝わるものではない。もしや僕の生い立ちを調べたのかな？　随分と昔の話になるというのに、さすがＩＣＰＯといおうか、さすがキース・北条といおうか」

頭が下がるね、とローランドは笑ったが、キースは相変わらず、何も言おうとしなかった。

「マダム・シャトーは僕の恩人だ。父の命を絶った連中は跡継ぎである僕の命も狙っていた。彼らの手から逃れようとしていた僕に、優しく手を差し伸べてくれたのが彼女だった」

キースからはなんのリアクションもないのに、ローランドは一人滔々《とうとう》と喋り続けていた。

「当時マダムはイギリスを旅行中だった。事情を知った彼女は自分の身にも危険が及ぶかもしれないというのに、僕を荷物の中に隠してフランスへと出国させてくれた。この城に戻ったあとには、両親を亡くした僕を哀れみ、本当によくしてくれたんだ。彼女がいなければ間違いなく僕は殺されていただろうし、そうじゃなくても自暴自棄になり身を持ち崩していただろう……まあ、『怪盗』なんてやっているようじゃ、身を持ち崩したと言われるかもしれないけれど」

ふふ、とローランドは笑うが、相変わらずキースの反応はない。なのにローランドは、何かに憑かれたかのように、彼を見上げる僕を見返すことなく、話を続けた。

「だからこそ、マダムの願いを叶えてやりたかった。マダムと孫娘を会わせてあげたかったんだ……ＩＣＰＯほどではないが、僕もそれなりに情報網を持っている。探せると思った……探し出したあとには、なんとしてでもその子を説得し、マダムのもとへと向かわせるつもりだった」

「…………」

ローランドはここでようやく僕を見下ろし、にこ、と困ったように微笑んでみせた。

見つからなかった、と確か彼は僕に告げた。だがこの笑顔はもしや——と思っていた僕に向かい、ローランドが微笑みながら言葉を続ける。

「だがそれはかなわなかった。マダムのお孫さんは——マリアは、両親のあとを追うようにして五歳で亡くなっていた。それをマダムに知らせることは、どうしてもできなかったんだ」

「……ローランド……」

思わず彼の名を呼んでしまったのは、やはりそうだったのかという思いからだった。

心のどこかで僕は、孫娘の行方を探しきれなかったというローランドの言葉に違和感を覚えていた。彼の辞書に不可能などという文字があるのだろうかと思っていたためだが、まさか亡くなっていたとは、と僕は、痛ましげな顔で首を横に振ってみせたローランドにかける言葉もなく見上げてしまった。

「……もうすぐマダムも、愛する娘と孫娘のもとに旅立てる……哀しいけれどね」

ローランドはそう言うと、ふっと笑い、僕から目を逸らせた。彼の美しい青い瞳が涙に潤んでいるのがわかる。

死にゆく恩人に、夢を見せてあげたいという彼の気持ちは、僕にもわかる気がした。が、果たしてそれは正しいことかと問われたら、頷くことも、首を横に振ることもできなかった。

偽りではあるが、幸せな夢の中で亡くなっていくことがマダムにとっては望ましいのか、それとも真実を知ったほうがいいのか。マダム自身にしかその答えはわからない。

だがローランドは前者を選んだということだな、と僕は判断し、それなら、と腹を括った。

今から少しの間、僕は『マリア』になる。マダムの孫娘として、マダムの大好きなローランドの花嫁となり、永遠の幸せを彼女の前で誓うのだ。

よし、と頷く僕の手を、ローランドがぎゅっと握りしめた。震える彼の指先を僕もぎゅっと握り返す。

「ＩＣＰＯと警視庁に、心からの敬意と感謝を送る……いや、個人的にミスター・北条とリョーヤに、かな」

晴れやかに微笑むローランドの瞳は、相変わらず潤んだままだった。首を横に振る僕の胸にも熱いものが込み上げてくる。

「泣かないで。最高の結婚式にしよう」

ローランドが僕の顔を覗き込み、ね、というように頷いてみせる。

「……はい……」

答える声が掠れてしまった。が、マダムの前では決して涙を見せないようにしようと決意し、しっかり頷いてみせる。そんな僕をローランドは愛しげに見つめると、すっと視線を逸らせ、キースに話しかけた。

「悪いね。数刻だけ、君の恋人を借りるよ」

「…………」

キースはちらとローランドと、そして僕を見やったが、無言で肩を竦めてみせただけだった。

僕が何をしようが、興味はないということかと思うと、なんだか心に穴があいたような気持ちになったが、今はそれどころではないと気持ちを引き締め、マダムの前で最高の笑顔を作れるようにと気持ちを集中させていった。

「マダム、お加減はいかがですか？」

マダムの寝室へと到着すると、キースはローランドに先に入れ、と促した。ローランドが声をかけると天蓋付きのベッドの中から、昨日よりは幾分元気のいいマダムの声が響いてきた。

「ありがとう、ローランド、今日は随分と気分がいいわ」

「それはよかった。マダム、僕らの晴れ姿を是非あなたに見てもらいたいので」

ローランドが明るく答え、僕と腕を組んだままマダムの側へと進む。

「まあ、なんて美しい……似合いの二人ね」

マダムは僕たちの姿に感嘆の声を上げたあと、後ろに控えていたキースに目を留めた。

「あの方は？」

「ああ、彼はマリアの遠縁にあたる方です。結婚式の立会人としてわざわざ日本から来てくださったんですよ」

ローランドはそう言うと、キースを、こちらへ、と招き、マダムに紹介した。

「キース・北条です。顔は怖いが、実にハートフルでいい男なのですよ」

「はじめまして、ムシュウ・北条。わざわざ日本からお越しとは、申し訳ないですわね」

マダムの呼びかけに、キースはどう応《こた》えるのかと、僕は緊張を高まらせていた。キースには『演技』をする義理はない。が、キースはそんな義理なくしても、マダムを悲しませるようなことをする男ではなかった。

「いえ、マリアの晴れ姿をこの目に焼き付けたいと思っていましたから」

キースはにっこりとそう笑うと、マダムに対しお祝いの言葉を口にした。

「本日は誠におめでとうございます。実に美しい花嫁です。日本から来た甲斐がありました」

「………………ありがとうございます」

マダムがにっこりとキースに向かい微笑んだあと、ローランドへと視線を戻す。

「……ローランド、私、安心したわ。あなたはいいお友達に囲まれているのね」

「……え？」

その瞬間、ローランドの仮面が外れた気がした。それまで優雅に微笑んでいた彼が、まるで幼い子供のような頼りない表情となっている。そのことに目を奪われていた僕は、続くマダムの言葉に愕然とするあまり、思わず大きな声を上げてしまったのだった。

「……マリアはもうこの世にいない……わかっているわ。あなたはそのことを私に知らせまいとして、こんな芝居を打った……あなたの芝居にその方も、そしてこの方も……付き合ってくださるのだものね。あなたの我儘《わまま》を聞き入れてくれるお友達がいることがわかっただけで、わたしはもう、安心して死んでいけるわ」

「マダム……」

今、ローランドの顔には驚愕以外のなんの表情も浮かんでいなかった。呆然としている彼を前にマダムは、にっこりと、それは優しげに微笑み、言葉を続けていった。

「没落したとはいえ、私にも多少は人脈があるのですよ、ローランド。アンヌが病に倒れ帰らぬ人となったことも、夫のムシュウ・佐伯が亡くなったことも、二人の愛娘、マリアが両親のあとを追うように亡くなったことも、すべて知っていました……あなたの前では悲しんでいる顔を見せまいと思っていたので、気づかなくても当然だわ」

マダムはそう言うと、呆然と立ち尽くしていたローランドに向かい、すっと両手を差し伸べた。

「あなたの存在がどれだけ私の悲しみを癒してくれたか……ありがとう、ローランド。どうかキスをしてちょうだい」

「マダム……」

ローランドがふらふらとマダムに近づき、ベッドに腰かける。マダムはそんな彼の髪を撫《な》でながら、泣き笑いのような表情を浮かべ彼を諭し始めた。

「あなたが今、何をやっているか……それも私は知っています。でも責めることはできなかった。あなたの悔しさや悲しみが、理解できたから……でもね、ローランド」

ここでマダムはローランドをじっと見上げた。ローランドもまた、じっとマダムを見返す。

「復讐《ふくしゅう》からは何も生まれないわ……あなたはこれから、あなたの人生を歩んでいくといいと思うの。あなたの愛する人や、こんな茶番に付き合ってくれたお友達と共に」

ね、とマダムが僕を、そしてキースを見る。なんと答えたらいいかわからず――僕はローランドの『愛する人』ではなかったためだ――立ち尽くす僕と、やはり何も言わず立ち尽くしていたキースにマダムは再びにっこりと微笑んだあと、視線をローランドへと戻し、微笑んだまま言葉を続けた。

「娘にも……そして孫にも愛されることのなかった私だけれど、あなたに愛されて本当に幸せだったわ……ローランド、私はこの先永遠にあなたの幸せを祈るでしょう」

「マダム……っ」

感極まったローランドの声が響いたそのとき、

「それは違います」

というキースの声もまた同時に周囲に響き渡り、一体何が起こっているのか、と僕は、そしてローランドも驚いてキースを見やった。

「……違う……？」

マダムもまた、呆然としつつキースを見る。と、キースはゆっくりした歩調でマダムへと近づいていきながら、スーツの内ポケットに入れていた写真を取りだし彼女に示してみせた。

「……ご覧ください。この絵はお嬢様が日本に渡り、お孫さんのマリアをお腹《なか》に宿してすぐ、夫である佐伯画伯に描いてもらったものです。画廊を探し回り、やっと見つけ出しました」

キースの言葉を聞いたマダムが、ふるふると震える指先を写真へと伸ばす。

「そんな……」

ローランドは信じがたいという顔をしていたが、マダムと共にその写真を覗き込み、あ、と声にならない叫びを上げた。

「絵、そのものは輸送が間に合わず、こちらにお届けすることができませんでしたので写真をお持ちしました。本来なら佐伯氏よりマダムに贈られるべきものでしたが、ご出産直後に奥様が亡くなられ、手放し難く思って手元に残したということでした」

キースの説明が続く中、僕もまたマダムの手の中にある写真を見やる。そこには一人の美しい妊婦とそして——今よりもう少し若いマダムの二人が、寄り添い幸せそうに微笑んでいる姿が描かれた絵が写っていた。

「ああ、アンヌ……あなたは……あなたは私を許してくれていたの……?」

ぼろぼろと涙を零《こぼ》しながら、マダムが写真に問いかける。

「愛する人との結婚を、頑《かたく》なまでに許さなかった私を……」

「許すも許さないもなかったのでしょう。絵の中の彼女の顔は、あなたへの愛情で満ちています」

キースの言葉にマダムは顔を上げ、彼を見た。

「……ありがとう……でもどうしてあなたがこれを……？」

涙に濡れたマダムの顔を見やり、キースが優しく微笑む。

「ローランドに頼まれたのですよ。私は彼の友人ですから」

「……ミスター・北条……」

ローランドが呆然とした顔でキースに呼びかける。キースはそんな彼にニッと笑い返すと、泣き濡れるマダムに向かい、ゆっくり頷いてみせた。

「ローランド……ありがとう……私は幸せだわ……」

マダムが泣きながらローランドに手を伸ばす。

「マダム」

ローランドはその背をしっかりと抱き締めたが、彼の声もまた涙に掠れていた。

「…………」

二人の姿を前に僕は、頬を流れる涙を堪えることができずにいた。そんな僕の横にいつの間にか近づいてきていたキースが、肩を抱いてくる。

「行こう」

キースの囁きに、頷いた僕の目の前に、真っ白なハンカチが差し出された。

「綺麗な顔が台無しだ」

ふっとキースに微笑まれ、カッと頭に血が上る。何か言い返そうとしたが、キースに、

「二人にしてあげよう」

と囁かれたので、本当にそのとおりだ、と僕は彼と共にそっとマダムの部屋をあとにした。

そのままキースと僕は何も喋らずに廊下を進んだのだが、それは僕の涙がなかなかおさまらなかったためだった。

僕のために用意された部屋に到着する頃には涙も止まっていたので、僕は自分からキースに声をかけた。

「……ここがわかったのは、ブローチにGPSを仕込んだためですか？」

「なんだ、聞きたいのはそんなことか？」

キースが呆れたように問いかけてくる。

「え？」

意味がわからず問い返すと、キースはやれやれ、というように溜め息をつき、ぽんと僕の背を叩いた。

「化粧、落としてきたらどうだ？　その衣装も。見ていてそう、気持ちのいいもんじゃないからな」

「あ……はい……」

確かに男の女装姿など、気持ちが悪かろうと察し、浴室へと向かおうとした僕の腕をキースが後ろから摑む。

「なに？」

驚いて振り返ると、どこか不機嫌な顔をした彼がぼそりとこう言い捨てた。

「『気持ちのいいもんじゃない』はただの嫉妬《しっと》だ。充分鑑賞に耐える……どころか、今にもキスしたいくらい、魅力的だ」

「ええっ⁉」

いきなり何を、と思ったときには強く腕を引かれ、彼の胸に倒れ込んだところで唇を塞《ふさ》がれていた。

「ん……っ」

唐突すぎる貪《むさぼ》るような激しいキスに、頭の芯《しん》がクラクラし、立っていられなくなる。自然とキースのスーツの背を握り締め、彼の唇を受けとめていた僕は、そのキースがゆっくりと唇を離したのを、ぼうっとしたまま見上げていた。

「……脱がせるの、手伝ってやろうか？」

キースが笑いながら、再び唇を寄せてくる。

「ひ、一人で大丈夫です」

そう答えはしたが、背中に当てられたキースの掌《てのひら》の熱さが僕の身体に、欲望の火を灯《とも》していた。

「遠慮することはない」

キースにはその炎が見えるのか、ニッと笑うとその場でドレスごと僕を抱き上げ、

「ちょ、ちょっと！」

と慌てる僕を無視して大股《おおまた》で浴室へと向かっていった。


キースの行動に呆れ、驚いていた僕だが、実際ドレスを脱ぐ段になると、一人ではとても無理だということがわかった。

彼の手を借り、なんとかドレスやコルセットを脱いだあと、僕は一人シャワーを浴び、メイクを落とした。

服を持ち込まなかったのでバスローブ姿で部屋に戻ると、キースはベッドに腰かけ、誰かと電話をしているところだった。僕の姿を認めると、

「それじゃ、またあとで連絡する」

と早々に電話を切り、携帯をポケットに仕舞った。

「誰？」

「ああ、クリスだ。ローランド一味の身柄をＩＣＰＯの本部で確保したという報告だった」

キースはなんでもないことのようにそう言うと、来い、というように僕に腕を伸ばしてきた。

「……ローランドは？」

なんとなく近づくのが躊躇われ、その場に佇んだまま問いかける。

「マダムの部屋の外に見張りを付けている。配下の人間が全員捕らわれている今、彼らを見捨てて一人で逃げるような真似はしないだろう」

キースはまたもすらすらとそう答えると、ほら、というように手を伸ばしてくる。

「…………」

やはりその手が取れない理由は、今はこうも饒舌《じょうぜつ》なキースが、何度連絡を入れても無視したことを気にしてしまっていたからだった。

頭ではわかっているのだ。だが、感情的には納得していない。

「どうした？」

キースが立ち上がり、僕へと歩み寄ってくる。

「…………どうして……」

連絡をくれなかったのだ、と言いかけ、それ以上言えなくて口を閉ざした。

「ん？」

キースが僕の両肩に手を置き、俯く顔を覗き込んでくる。

「……わかってるんだ……頭では。でも、やっぱり……」

打ち明けてほしかった。無理とはわかっていても、隠し事はしてほしくなかった。そんな言葉を告げそうになり、これではキースに軽蔑《けいべつ》されてしまう、とまた唇を噛《か》む。

が、キースには僕の考えていることがわかってしまったようだった。

「電話にも出ず、メールの返信もしなくて悪かった」

ぼそりと謝られ、はっとして顔を上げる。

「心配しただろう？」

「ごめん、勿論、業務上連絡できないってことくらいはわかってたんだ。テロ対策の担当になったと聞いたから心配はしたけど、でも、そんな、謝ってもらわなくても……というより、謝るようなことじゃないし、そう、不安になったのも僕が勝手に心細く思っただけで、そんな……」

喋っているうちに何がなんだかわからなくなってくる。

「不安……？　どんな不安だ？」

キースが僕の言葉を遮り、小首を傾げるようにして問いかけてくる。

「それは……その……」

もう、気持ちが自分から離れてしまったのではないかという不安だとはとても言えず、またも口籠《くちご》もった僕の頬にキースの指先が触れる。

「不安といえば、俺も不安だったぞ」

黙り込んだ僕に代わり、キースがぽつりとそう呟く。

「え？」

何が不安だったのかまったくわからず問い返すと、キースは少し怒ったような顔でぼそぼそと言葉を続けた。

「お前がローランドの言葉を信じ、彼に協力するとわかったとき——それも作戦のうちだったにもかかわらず、俺は不安で仕方がなかった。お前の気持ちまでもがローランドのものになってしまわないかと……」

「そんな……あり得ない！」

思わず大きな声を出してしまった、その声に驚いたらしいキースが目を見開く。

「……あ……」

目の前でキースの顔に笑みが浮かぶのを見ているうちに、恥ずかしくてたまらなくなった。

「そうか。あり得ないか」

その上キースにからかうようにそう言われては、一気に頬に血が上ってしまい、羞恥から彼の手を振り払おうとした僕の身体をキースが強引に抱き寄せてくる。

「俺も『あり得ない』さ。お前から気持ちが移ることなんかかな」

あはは、と笑いながらキースが僕をその場で抱き上げる。

「キース」

やっぱり言いたいことは読まれていた、と思うと同時に、それをきっぱりと否定してくれたことが嬉しくて、僕は彼にしがみつき、愛しいその名を耳元で囁いたのだった。

キースは僕の身体をベッドに横たえると、しゅるりとバスローブの紐《ひも》を解いて脱がせ、あっという間に僕を全裸にした。

煌々《こうこう》と灯る明かりの下、一人裸でいることが恥ずかしく、僕はキースにも服を脱いでほしいと目で訴えかけた。

「………」

キースはまたも僕の願いを読み取ってくれ、わかった、というように頷くと手早く脱衣を始めた。

明かりの中にキースの、まるで希臘《ギリシャ》彫像のように美しい裸体が浮かび上がる。

広い肩幅。綺麗に盛り上がった肩の筋肉。高い腰の位置。長い脚——鍛え抜いた素晴らしい肉体をこうして直接目にするのは何ヶ月ぶりだろう。思わずごくりと唾《つば》を飲み込む音が室内に響く。

「………」

その音が聞こえたのか、キースが僕を振り返った。羞恥が僕の頬に血を上らせたが、目は早くも勃ちかけていたキースの雄に注がれてしまっていた。

「………あ……」

またも、ごくりと唾を飲み込んでしまい、物欲しげすぎるか、と更に赤面する。堪《たま》らず目を逸らした僕の耳に、くすりと笑うキースの声が聞こえた直後、ゆっくりと彼が覆い被《かぶ》さってきた。

「ん……」

触れるようなキスが次第に互いの口内を侵し合う激しいくちづけに変じていく。きつく舌を絡めながらキースは掌を僕の薄い胸に這《は》わせ、強いくらいの力で乳首を擦《こす》り上げてきた。

「んん……っ」

びく、と身体が震え、合わせた唇から声が漏れてしまう。キースが擦って勃ち上げた僕の乳首をきゅっと抓《つね》り上げたとき、漏れる声は更に大きくなった。

「や……っ……」

キースの唇が首筋から胸へと滑り降り、弄《いじ》られてないほうの乳首へと辿り着く。ざらりとした舌で乳首を舐《ねぶ》られるとそちらもあっという間に硬くなり、キースが舌を動かすたびにころころとした感触を肌へと伝えていった。

「ん……っ……んふ……っ……」

両胸に間断なく与えられる刺激に、早くも僕の身体は熱し、鼓動が高鳴り始めていた。心臓が勢いよく血液を送り出す音がまるで耳鳴りのように頭の中で響き渡り、己の声を酷く遠いところに感じさせる。

「やぁ……っ……」

キースが僕の乳首を強く嚙んだ、痛いくらいのその刺激に背が大きく仰《の》け反る。同時にもう片方の乳首をきゅうっと引っ張られ、僕の口からは自分でも驚くくらいの高い声が漏れていた。

「いや……っ……あぁっ……っ……あっ……あっ……あっ……」

女のような高い声が周囲に響き渡る。それを自分が発しているという自覚は既になかった。やたらと甘ったれた、そして更なる行為を誘うそんな声を自分が出していると気づいたりしたら、羞恥に見舞われ叫びだしていたことだろう。

幸いなことにキースの丹念な愛撫《あいぶ》が、僕の意識を朦朧《もうろう》とさせてくれていたため、行為の最中僕がそのことに気づくことはなかった。

「あっ……っ……胸……っ……あっ……あっ……そこ……っ……」

嚙まれた乳首を次には強く吸われ、続いて舌先で突《つつ》かれる。もう片方の乳首には爪《つめ》が立てられ、続けて強く抓られたあとに、親指の腹で肌に練り込まれるようにこねくり回される。

胸に性感帯があることを教えてくれたのはキースが初めてだった。しかも僕はどうやら、強く乳首を弄られると酷く感じるようで、痛いほどの刺激にはことさら弱いということを教えてくれたのもキースだった。

「だめ……っ……もう……っ……あっ……ああっ……」

胸への愛撫だけで僕の身体は既に熱し、雄は今にも爆発しそうに勃ち上がっていた。腰を捩らせ、自身のそれをキースの腹に押しつけてしまうのは、そこへの刺激を求めての無意識の所作だったが、キースはすぐに気づいたようで、僕の胸から顔を上げると、ニッと笑いかけてきた。

「……あ……」

その笑みで自分のはしたない振る舞いに気づかされた僕は、途端に羞恥に見舞われ——今更、という話だが——彼の視線を避けようと身体を捩る。が、そのときにはキースは身体をずり下げ、僕の下肢に顔を埋《うず》めていた。

「あぁっ」

堪らず高い声を漏らしてしまったのは、キースが僕の雄を口に含んだからだ。熱い口内を感じた途端、達してしまいそうになり、反射的に身体をずりあげようとした、それを制するためかキースが僕の両脚をそれぞれの手で抱え、しっかり開かせたまま固定する。

「やっ……出る……っ……もうっ……あぁ……っ」

フェラチオを教えてくれたのもキースが最初だった。僕も人並みに女性経験はあったものの、性的に積極的な女の子とは付き合ったことがなかったため、雄を咥《くわ》えられた経験などなかったのだ。

それがどれほど気持ちよく、一気に僕を昂《たか》めてくれるものかを教えてくれたキースが、いつものごとき巧みな口淫《こういん》で僕を絶頂へと導いていく。

「いやぁ……っ……もう……っ……もう……っ……あぁっ……」

いきそうになるのを必死で堪え、キースを見下ろす。開かされた両脚の間、蠢《うごめ》く黒髪を摑み、顔を上げさせたその理由は、久し振りに抱き合っているのに一人でいくのは寂しいと思ってしまったためだった。

顔を上げたキースにはまた、僕の気持ちは正確に伝わったらしい。雄を口から離して微笑むと、身体を起こし両脚を抱え上げて僕の身体を二つ折りにした。

「……や……っ」

早くもひくついている後ろが、明かりの下に晒されることに羞恥を覚え、横を向く。目の端に僕の片脚を離したキースが自身の指を口に含み、ゆっくりと取り出す様が映った。

なんてセクシーな、と思わず羞恥を忘れ、その顔を見上げていた僕にキースは微笑み返すと、唾液《だえき》で濡らしたその指を、彼の突き上げを待ち侘《わ》びているそこへとそっとねじ込んできた。

「……あっ……」

ずぶ、と指が挿ってきたと同時に、内壁が激しく蠢き、その指を強く締め上げる。自分の身体なのに、まったく抑制できないその動きに戸惑っていた僕を見下ろし、キースがにっこりと笑いかけてきた。

「……もう、待ちきれない」

囁くように告げる彼の声音も酷くセクシーで、内壁の動きが更に活発になる。その内壁をこじ開けるようにキースは指を動かし中を解《ほぐ》すと、再び僕の両脚を抱え上げ、ひくひくとあさましいほどに蠢いているその入り口に、勃ちきった彼の逞《たくま》しい雄の先端をあてがった。

「あぁっ……」

早く、という思いが僕の身体を動かし、自然と腰が突き出てしまう。当然感じるべき羞恥の念は、欲情に塗《まみ》れて暫しその存在を忘れさせた。

キースがふっと笑う声がしたとき、忘れかけた羞恥が一瞬戻りかけたが、彼が一気に腰を進めてきたことで再び空の彼方へと吹っ飛び、奥底まで勢いよく貫かれた僕の身体はシーツの上で大きく撓《しな》った。

「あっ……あぁっ……あっ……あっ……あっ」

間もなく始まる激しい律動が、僕を一気に快楽の頂点へと導いていった。喘《あえ》ぐ声は高く、早鐘のような鼓動はますます速く脈打ち、息苦しさすら覚え始める。

「あぁっ……キース……っ……キース……っ」

逞しい彼の雄を奥深いところに感じるたび、閉じた瞼《まぶた》の裏で極彩色の花火が何発も上がっ

た。繋《つな》がっている部分は火傷《やけど》しそうなほどの熱を感じていたが、やがてその熱は全身へと広がり、脳まで沸騰するほどの灼熱《しゃくねつ》の焔《ほむら》に覆われる、そんな錯覚を呼び起こす。

「あつ……っ……もう……っ……もう……っ……いく……っ……いってしまう……っ」

強烈な快感にとらわれ、僕は自分が何を叫んでいるのか、まるで把握できていなかった。いく、いく、と、AV女優でもここまで繰り返さないだろうというような高い声を上げ、キースの逞しい背に両手両脚でしがみつく。

「いきたい……っ……あぁっ……キース……っ……キース……っ」

意識は朦朧としていたが、共に絶頂を迎えたいという思いだけは強く僕の中に残っていた。僕を絶頂へと導いてくれる彼もまた、絶頂にいてほしいという願いを込め、キースを見上げる。

と、キースはまたも僕の願いを正確に読み取り、わかった、と頷くと、腰の律動はそのままに、片脚を離した手で僕の雄を握り、一気に扱《しご》き上げてくれたのだった。

「アーッ」

殆《ほとん》ど悲鳴といっていい高い声を上げて僕は達し、キースの手の中に白濁した液をこれでもかというほど飛ばしてしまった。

「……くっ……」

射精を受け、激しく収縮する僕の後ろに締め上げられてキースもまた達したようで、彼が低く声を漏らした直後に、ずしりとした精液の重さを中に感じた。

「あぁ……」

充足感が溜め息となり、僕の口から零れ落ちる。その唇をキースの唇が、荒い呼吸を妨げぬようにという配慮をこめたキスで塞いできた。

幸せだ――温かな彼の唇の感触を得るたびに、その唇以上に温かな思いが胸の中に広がっていく。

「大丈夫か？」

問いかけてくる彼に大きく頷くと僕は、もう一度、という思いを込め、彼の逞しい背に両手両脚でしがみついていった。


行為のあと、疲れ果てて微睡《まどろ》んでいた僕は、隣にキースの気配がないのに気づき、はっと目覚めた。

周囲を見回していると、ちょうど浴室のほうから濡れた髪を拭《ぬぐ》いながらキースがやってきた。

「……すみません」

当然ながら今は勤務時間中だ。なのにあんなことをしてしまうなんて、と慌てて起きだそうとした、そんな僕のすぐ側までキースはやってくると、パチ、とウインクし、なんとも恥ずかしい――そして嬉しいことを言ってくれた。

「久々に会ったお前を前に、我慢できなかったのは俺も同じだからな。連帯責任だ」

「キース……」

赤面する僕にキースは軽くキスすると、不意に真面目な顔になり、ベッドサイドのテーブルを目で示した。

「お前のパスポートと夜のフライトのチケットはそこにある。警察手帳と現金も用意した」

「…………わかった」

帰国するのは当然であるのに、それが今夜と知り、僕は少し動揺してしまった。せっかく会えたのに、と思わずキースを見上げる。キースはそんな僕を見下ろし、ニッと笑うと、頬に手を当て唇を寄せてきた。

「そんな顔、するな。別れ難いのは俺も一緒だ」

「……ごめん……仕事中なのに……」

そう、先ほど反省したばかりなのに、と俯く僕の唇にキースはまた、触れるほどのキスを落とすと、ぱし、と軽く頬を叩いてくれた。

「『blue rose』逮捕のあとには、休暇を取ろうと思っている。休暇先は勿論日本だ」

「キース」

本当に、と目を見開くと、キースは勿論、というように頷き、また、ぱし、と軽く僕の頬を叩いた。

「暫しの別れだ」

「うん」

頷いた僕の頭に、ふと、浮かんだ思いがあった。

「……あの、キース」

手早く服装を整えていくキースの後ろ姿におずおずと声をかける。

「なんだ？」

ネクタイを結びながらキースは肩越しに僕を振り返ったが、厳しい彼の表情は既に、『仕事の顔』に戻っているように感じた。

その彼に切り出すのは勇気がいったが、やはりこれだけは頼みたい、と口を開く。

「……あの……『blue rose』の……ローランドの逮捕のことだけど……無理だとはわかってるけど、彼にマダムを看取らせてあげることはできないかな？」

大がかりな罠をしかけて逮捕を狙っていた怪盗だ。一刻も早く逮捕したいというのがＩＣＰＯの意向であることは勿論僕にもわかっていた。

だが、お互いを思い合うマダムとローランドの姿を目《ま》の当たりにしては、逮捕は少しだけ待ってほしいと頼まずにはいられなかった。

マダムを一人で逝《い》かせるのは可哀想だし、最期を看取れないローランドも哀れだ。それでここは無理を承知で、とキースに懇願したのだが、キースの反応はある意味僕の予想を裏切るものだった。

「わかっている」

厳しい仕事の顔に一瞬だけ微笑みを浮かべると、キースは僕の頭をぽんと叩き、再びネクタイを結び始めた。

「キース……」

「礼は言うなよ？　今、必死で嫉妬心と闘っているところだからな」

僕に背を向けたまま、キースが笑いを含んだ声でそう続ける。

「え？」

意味がわからない、と首を傾げたが、キースからの答えはなかった。

「それじゃ、また」

キースがスーツの上着を羽織り、颯爽《さっそう》と部屋を出ていこうとする。その頃には僕も辺りに落ちていたバスローブを身につけベッドから下りていたので、ドアまで彼を見送った。

「ん」

軽く唇を合わせたあと、キースがドアを開く。

「……っ」

その瞬間、彼が息を呑んだのに、広い背中に視界を遮られていた僕は何事かと思い、キースの身体越しにドアの外を見た。

「あ」

その場にいるはずのない人物の姿を見出し、僕もまた愕然とする。ドアの前には美しい金髪を輝かせた彼が——ローランドが立っていた。

「見張りは……？」

さすがキース、すぐに呆然とした状態から脱すると、厳しくローランドに問いかけた。がローランドは微笑んだまま、首を横に振っただけで答えようとせず、キースに向かい両手を差し出した。

「マダムは今、よく眠っている。この間に逮捕してもらおうと思ってね」

「…………」

キースは目の前に差し出されたローランドの両手を見下ろしたが、やがて、ぽん、と彼の肩を叩き首を横に振った。

「逮捕は焦っちゃいない。最期まで側にいてやるといい。マダムもそれを望んでいるだろう」

「……君には借りを作りたくないんだが」

ローランドが苦笑しつつも、出した両手を引っ込める。

「いや、もう既に借りはあるな。さすがはＩＣＰＯだ。僕には佐伯画伯の絵は探し出すことができなかった」

ローランドはそう言うと、キースに向かい、今度は右手を差し出した。

「礼を言う……。やはり『真実』にはかなわないな。マダムを幸せな気持ちにしてくれてありがとう」

「…………」

キースは無言のまま、ローランドの手を握った。握手は一瞬で、互いにすぐ手を引きはしたが、二人の間にはなんともいえない熱い思いが通っているように僕の目には見えていた。

「戻るぞ」

キースがローランドに声をかけ、マダムの部屋へと促す。とローランドは彼の後ろにいた僕に、今度は声をかけてきた。

「リョーヤ、無理な頼みを聞いてくれてありがとう。君の優しさは忘れない」

「……いえ……」

常に光り輝くという比喩《ひゆ》がぴったりのローランドの顔は今、憔悴《しょうすい》の色が濃かった。何か慰めの――または労《いたわ》りの言葉をかけたいのだが、何も思いつかず、僕はただ頭を下げた。

「また会いにいくよ。何せ君は僕の『花嫁』だからね」

ローランドはそう言うと、パチリ、とそれは魅惑的なウインクをしてきたのだが、次の瞬間、キースが咳払《せきばら》いをしたのに声を上げて笑った。

「悪い。君たちが愛し愛される恋人同士だということは勿論わかっているさ」

あはは、と笑いながらローランドが意味深にバスローブ姿の僕と、濡れた髪をしているキースを代わる代わるに見る。

「無駄口を叩くな」

行くぞ、とキースがローランドを睨んだが、ローランドは相変わらず明るい笑顔のまま、僕を振り返り、

「Au revoir」

と右手を振って寄越した。それを睨みつけたキースにも明るい笑顔を向け、ローランドが彼と並んで歩き始める。

長身の二人が、まるで古くからの知己のように語り合い、笑い合う姿を眺めながら僕は、なんとも不思議な思いにとらわれてしまっていた。

もしもローランドが『blue rose』などではなかったら——または、キースがＩＣＰＯの刑事ではなかったら、二人はそれこそ親友といってもいいほど心を通わせ合う仲になったんじゃないか。

そんな思いが僕の胸に立ち上る。

卓越した能力の持ち主がライバルとしてぶつかり合う。それも間もなく『blue rose』の逮捕で終わりを迎えるのかと思うと、警察官としてどうなのかとは思いながらも、なんだか惜しい気持ちがした。

キースも、そしてローランドも同じことを考えているのではないかな、と僕は二人の後ろ姿が見えなくなるまで見送ると、こうしてはいられない、と帰国の支度をすべく部屋に戻ったのだった。

帰国後には予想どおり、赤沼《あかぬま》課長と丸山《まるやま》部長、それぞれからの叱責が待っていた。

「警視庁の刑事が誘拐されるなどあり得ない！」

それぞれに呼び出されたが、叱責の内容はこの一言に尽きた。だが、減俸にもならなかったのは、ＩＣＰＯが『blue rose』の逮捕に成功したためらしい。

僕が帰国してから一週間後に、マダムは帰らぬ人となった。最期を看取ったのはローランドだったが、マダムはその一週間というもの、ずっと意識がなかったそうだ。

マダムが最後にローランドと話したのは、僕やキースがいたあのときだということを、僕はキースからの連絡で知った。

マダムの死に顔は本当に安らかで、ローランドはキースに改めて、マダムを幸せな気持ちのまま逝かせてくれてありがとう、と礼を言ったという。

マダムの葬儀がすんだあと、ローランドはICPOに逮捕された。『blue rose』の逮捕は全世界のマスコミを賑《にぎ》わせたが、その一週間後には拘置所から彼ら一味が残らず脱出したという報道が全世界を駆け巡ることとなった。

マダムの城に詰めていた従者たちは現地調達のアルバイトばかりだったとのことで、一味の大半は逮捕の手を逃れており、彼らが脱獄に手を貸したということだった。

おかげでキースの長期休暇は延期となったが、彼は来週、捜査のために来日するという連絡を電話で入れてきた。

『「blue rose」相手に、小細工は通じないことがわかったからな』

今後は自分が表立ってローランドを逮捕すべく陣頭指揮を執る、とわざわざキースが連絡してきてくれたのは、僕がもう『不安』を抱かずにいられるよう、気を遣ってくれたのだと思う。

彼の気遣いは僕だけでなく、ローランドに対しても行われていた。

マダムの墓に毎日、美しい薔薇の花が供えられていることに注目したICPOの刑事たちが、墓を見張るというのをキースが止めたのだという。

相手の弱みにつけ込むことをせず、正々堂々と渡り合う。そんなキースへの思いは、自分でもどうしようもないほどに膨らみ、常に彼と顔を合わせていたいという衝動に駆られて仕方がない。

だが僕も刑事だ。彼を恋い焦がれる以上に、彼のために役に立てる——『blue rose』逮捕に協力できるような、優れた警察官にならねば、という決意もあらたに、週明けには来日するというキースを万全の準備を整えた上で、待ち侘びているのだった。

『マダム、どうしたの？』

安楽椅子で転《うた》た寝をしていた私は、少年の心細げな声に夢の世界から引き戻された。

『どうしたの？　悲しいの？』

天使のように愛らしい少年が、心配そうに顔を覗き込んでくる。

『なんでもないわ』

少年は今にも泣き出しそうな顔をしていた。なぜそんな顔をしているのだろうと不思議に思いつつ、自身の頬に手をやり、自分が夢を見ながら泣いていたことに気づいた。

転た寝の最中、見ていたのは幸福な頃の夢――娘のアンヌがまだ幼い時分に私を慕い、長いスカートにまとわりついてきては、あれこれと話を聞かせてくれていた、その頃の夢だった。

『ママン、ママン』

大好き、と、言いながら抱きついてくるあの娘を、もう離すものかと抱き締める。でも気づくと手の中には何もなくて、愕然とした私はあまりの喪失感に耐えられず、涙を流す――

そんな夢をこのところ幾度となく見る。

理由はわかっていた。アンヌの娘、マリアが亡くなったという連絡が日本から入ったためだ。

貧しい日本人画家と結婚したいという娘の願いを、私はどうしても聞き入れることができなかった。

『あなたには幸せになってほしいの』

そう訴えかけてもアンヌは、彼といることこそが自分の幸せだと言い切り、許してもらえないのならと家を出てしまった。

呼び戻そうと思えば呼び戻せた。ただ一言、許すと言えばよかったのだ。

だが私にはそれができなかった。アンヌには幸せになってもらいたいと思っていたから――金銭的な苦労をしたことのないあの娘が、貧しい生活に耐えられるわけがない。きっとすぐに逃げ帰ってくるに違いないと考え、その日を待った。

だが娘はいつまで待っても私のもとには戻って来ず、やがて――貧しい生活の中で、病に倒れて亡くなった、という通知が届いた。

後悔してもし尽くせない。娘を救うことができなかったはずはないのに、と思いながらも娘の夫に連絡を取ることはやはりできなかった。

意地を張らなければよかったと今では思う。あのとき連絡を取っていれば、孫娘のマリアをも失わずにすんだのだから。

きっとマリアも、今、夢に見ていたアンヌのような愛らしい子供だったのだろう。アンヌの忘れ形見を胸に抱くことなく失ってしまった。すべては自分が意味なく意地を張ったせいかと思うと悲しくて仕方がなかった。

『マダム、泣かないで……お願い……』

少年の声に我に返り、またも悔し涙を流していたことに気づく。

アンヌがいなくなったあとに出会ったこの少年に、私はどれだけ助けられてきただろう。

そう思いながら私は、今にも泣き出しそうな顔をしている少年を胸に抱き締める。

『マダム……泣かないで？』

私の胸の中で少年が、涙に掠れた声でそう告げ、小さなその手で私の身体をぎゅっと抱き締めてくれる。

『ママン、ママン』

そのとき私の耳に、幻の娘の――アンヌの幼い声が聞こえた気がした。

アンヌを、そして彼女の娘、マリアを幸せにしてやれなかった分、せめてこの子だけでも幸せにしてやりたい。そう思いながら私は、涙を堪える少年を力一杯抱き締め、名を呼びかける。

『ありがとう、ローランド……私は泣いてなどいませんよ。だってあなたがいてくれるのだもの』

『ほんとう？』

少年が顔を上げ、私の瞳をじっと見つめてきた。

私の言葉が嬉しかったのか、彼の瞳からは涙が消え、薔薇色の頬が紅潮している。

愛らしいその顔に――私を心から慕ってくれているその顔に救われる思いを抱きつつ、私は、

『本当よ』

と頷き、幸せそうに私の胸に顔を埋めてきた彼の華奢《きゃしゃ》な身体を、愛しい思いのままに再び力一杯抱き締めた。

娘と孫娘亡き今、私の宝物はあなたしかいないのだという思いを込めて――。

刑事たちの休日

「キース！」

来日する便を教えてもらっていたので、僕は彼の到着を今や遅しと空港の到着ロビーで待ち侘びていた。

ゲートに彼の姿を見出した途端、周囲が振り返るほどの大声を上げてしまったことに気づいたのは、カートを下げたキースの長身に駆け寄っていったあとだった。

「なんだ、来てくれたのか」

サングラス越しにキースが驚いたように目を見開く。その彼に思わず抱きついてしまっていた僕は今日、『警視庁の刑事』としてではなく、休暇をとってきていた。

「来るに決まっているじゃないか」

実をいうと迎えにいきたいという希望を赤沼に却下されてしまったのだ。別に来日は初めてじゃないキースに出迎えなどいらないだろう、本人から希望も出ていないのだし、という赤沼の言葉は正論で、一つも反論できなかったため、休暇を取ることにしたのだった。

「なんで決まってるんだ？」

キースがにやりと笑い、僕の腰を抱き寄せてくる。

「……すぐ、会いたいからだよ」

答える声が掠れてしまった。彼の男臭い微笑をすぐ近くで見る僕の身体は、速くも火照《ほて》り始めていた。

なんていやらしい、と呆れながらも、込み上げる欲情を抑えることができず、キースの胸に身体を寄せる。

「……なあ、涼也」

と、キースはわざとらしく僕の身体を突き放すと、正面からじっと瞳を見下ろしてきた。

「……なに？」

もしかして、怒ったのかな——急速に不安が胸に立ち込めてくる。

考えてみれば——今更考えるなという話だが——キースは仕事で来日しているのだ。僕のような浮かれた気分で来ているわけじゃない、と瞬時にして反省し、謝罪しようとした僕の目の前で、キースの顔が笑みに綻《ほころ》んだ。

「到着日は休暇を取った。お前もその格好では休暇だと判断していいのか？」

「……うん……！」

頷く声が自分でもびっくりするくらい弾んでいた。キースがそんな僕を見て、仕方がないな、というように笑う。

「まずはホテルに行く？」

問いかけた僕にキースは、心外だというように目を見開いた。

「俺をどこのホテルに送る気だ？」

「え？」

問い返した途端、もしかして、という、嬉しいとしかいいようのない思いが胸に溢れる。

「ウチに泊まってくれるの？　本当に？」

確認を取ってしまったのは、課長から渡されたキースの旅程表に、宿泊先のホテル名が記載されていたためだった。

なんだ、日本にいる間くらいは、僕の家に泊まってくれればいいのに、とがっかりしていただけに喜びは大きく、彼の手からカートを取り上げ車へと案内しようとする。

「お前の迷惑にならなければ」

キースはそう笑うと、カートは自分で持つ、と笑い、再び僕の腰を抱いてきた。

「迷惑なわけ、ないじゃないか」

答える声が我ながら甘い。

今回のキースの来日は、バカンスではなく仕事――『blue rose』逮捕のためだ。それだけに僕は、再会を喜びながらも、二人きりで過ごす時間は殆ど取れないものと諦《あきら》めていた。

だが、ウチに泊まってくれるとなると話は別だ。日中は無理でも、夜はずっと二人の時間を持てることになる。それが嬉しい、とキースを見上げると、キースは一瞬周囲を見回した

あとに、いきなり僕の唇にキスしてきた。

「……っ」

こんな公共の場で、と頬に血が上ってくる。

「仕方ないだろ。お前が可愛すぎるのが悪い」

涼しい顔をしたキースがそううそぶき、僕の腰をぐっと抱き寄せる。

「……馬鹿……」

悪態をつきながらも僕は、今日一日『オフ』だという彼と過ごす休日を思い、高鳴る胸を抑えることができずにいた。


空港の駐車場に停めていた自家用車で、僕はキースを自分の官舎まで連れていった。

「お腹、空いてない？」

昼時だったのでそう問うと、キースは無言のまま僕へと歩み寄り、いきなり僕を抱き締めてきた。

「キ、キース？」

何、と問いかけた口をキースの唇が塞ぐ。

「ん……」

嚙みつくような濃厚なキスに頭がくらくらし、早くも立っていられなくなった僕はキースの背にしがみついた。

「……ベッドに行くか？」

その前にシャワーを浴びたほうがいいか？　と問うキースに、強くしがみつくことで自分の意思を伝える。

「わかった」

キースとは意思の疎通が正しく図れたようで、ニッと笑って頷いた彼はその場で僕を抱き上げ、何度か訪れているためにすっかり間取りのわかっている僕の官舎のリビングを突っ切り、寝室へと向かっていったのだった。

「……や……」

遮光のカーテンが微かに開いている室内は、日中ゆえ随分明るかったが、キースはカーテンを閉め直すことなどせず、僕を全裸に剝《む》いた。

「会いたかった」

万感の思いを込めているのでは、という口調で囁き、覆い被さってくる彼も既に全裸で、その雄は早くも形を成していた。

「ん……」

くちづけを交わしながらキースが僕の胸に手を這わせてくる。いつもは彼の愛撫を受け止めているだけの僕も、今日はなんだか彼のために何かをしたくてたまらない気持ちになっていた。

その気持ちが行動に表れ、気づいたときにはキースの逞しい雄を握りしめ、その質感を確かめるようにゆるゆると扱き上げてしまっていた。と、キースが驚いたようにキスを中断し、僕を見下ろしてくる。

「すぐ、欲しいのか？」

問われた言葉の意味が最初わからず、首を傾げたが、すぐ、キースは僕の行動を、『早く挿入してほしい』という欲求の表れだと思ったらしいと察し、違うのだ、と慌てて首を横に振った。

「そうじゃなくて、僕も何か、したいと思って……」

なんて台詞《せりふ》だ、と言った瞬間、照れてしまった僕だが、ふと、彼に『何を』したいのか、というアイデアが一つ浮かんだ。

「なんだ、そうか」

気にするな、とキースが笑い、再び僕の身体に手を這わせようとする。その手を僕は押さえると、どうした、と目を見開いた彼に向かい、今自分の頭に浮かんだアイデアを言葉にしていた。

「……キースの、口でしてもいい?」

「え?」

僕の言葉はキースを相当驚かせたようだった。らしくなく大声を上げた彼に見下ろされ、恥ずかしさは募ったものの、いつも彼にばかりしてもらうのは悪い、というこの気持ちは是非とも実現させたいという思いから、僕は再び彼に、

「いいかな?」

と問いかけた。

「…………ああ」

どこか戸惑った表情を浮かべながらも、キースが頷く。そんな彼の顔は初めて見る、と思ったとき、どくん、と胸の鼓動が高鳴り、肌がカッと火照ってきた。

「……やるね」

声をかけるのも何かと思いつつも宣言し、僕は身体をずり下げてキースの下肢へと顔を埋め、勃ちかけた彼の雄を口に含んだ。

「……っ」

青臭い匂いに、一瞬、う、となったが、キースの匂いだと思うと、すぐにその匂いは何にも代え難い、愛しいものに変じていった。

フェラチオの経験はないゆえ、やり方はわからないものの、いつもキースがしてくれるよ

うに、と唇に力を込め、竿《さお》を刺激してゆく。

先端のくびれた部分を舐《ねぶ》ったあと、尿道を舌先で突くと、先走りの液が溢れ僕の口内を満たした。

苦い、と思いつつも飲み込み、またすっぽりとキースの雄を口に含む。と、キースが僕の肩を叩き、顔を上げさせたかと思うと、腕を摑み、身体を移動させようとしてきた。

「あに？」

彼の太い雄を口に含んだままだったので、発音が不明瞭になってしまった。が、キースには通じたようで、笑いながら僕に声をかけてきた。

「俺もしてやる……から、顔を跨《また》いでくれ」

「…………」

要求された行為は、僕からしてみたら、恥ずかしすぎてできない、というレベルのものだった。が、キースは構わず僕の腕を引きながら身体を起こし、無理矢理僕に彼の顔を跨がせてしまった。

「や……っ」

そうして勃ちかけていた雄を握られ、口に含まれる。びく、と身体が震えたのは、急速に欲情が込み上げてきてしまったからなのだけれど、それもまた恥ずかしく、キースを昂めることに意識を集中させようとした。

「あっ……」

だが、キースの舌が僕の先端に絡みつき、繊細な彼の指に竿を扱き上げられては、集中などできるわけもなかった。

「やっ……あぁ……っ……あっ……あっ……」

高く喘いでしまいながらも、これじゃいけない、と必死でキースの雄を咥える。舌を使おうとしたとき、キースの手が僕の双丘を割り、ずぶり、と長い指が中に入ってきて、ますます僕の欲情を煽《あお》り立てていった。

「やぁっ……っ……あっ……あっ……あっ……あっ……」

前を、後ろを、口で、指で間断なく攻められてはもう、耐えられるわけもなかった。キースの顔を跨いだまま僕は、込み上げる快楽に耐えきれず、高く喘ぎ、腰を捩ってしまっていた。

口も手も疎《おろそ》かになっていたというのに、口内ではキースの雄が勃ちきり、先端から苦みのある先走りの液を滴らせていた。せめてこのくらいは、とその液を啜《すす》ろうとしたそのとき、キースはやにわに身体を起こしたかと思うと、身体の向きを変え、僕の両脚を抱え上げた。

「駄目だ。もう辛抱できない」

やたらと切羽詰まったキースの声がしたと思ったときには、彼の逞しい雄がずぶりと挿入されていた。

る。

「やぁっ……」

辛抱できないのは僕も一緒で、太いその質感に後ろがわななき、更に奥へと誘うのがわか
キースにもそれが伝わったのか、両脚を抱え直すと一気に僕を貫いてきた。

「あっ……あぁっ……あっ……あっ……あーっ……」

奥底まで抉られるその感触に身体を仰け反らせる、それをまたも両脚を抱え直すことで制したキースが、勢いよく腰をぶつけてくる。

二人の下肢がぶつかり合うときに立てられるパンパンという高い音が、僕の高い喘ぎと重なり室内に響き渡っていた。

「深……っ……あぁっ……キース……っ……キース……っ」

内臓がせり上がるほど深いところに彼の雄が何度も何度も突き立てられる、その感覚が僕を絶頂へと追い立て、意識が朦朧としてきた。

頭の中は既に真っ白で、何も考えられない。全身が熱に覆われ、吐く息も、汗が飛び散る肌も、どうしたのかと思うほどに熱い。

「あつ……っ……もうっ……あっ……あっ……あああっ」

上がる嬌声《きょうせい》は高くなる一方で、鼓動が速まりすぎて息苦しくさえなってくる。もう駄目、とキースを見上げると、キースはわかった、というように頷き、片脚を離したその手で、勃

ちきり、先走りの液でべたべたになっていた僕の雄を握り一気に扱き上げてくれた。

「アーッ」

自分でもびっくりするような大きな声を上げて僕は達し、二人の腹の間に白濁した液を飛ばしてしまった。

「あっ」

自身の顎《あご》のあたりまで飛んできたことに声を上げた瞬間、

「……っ」

射精を受け、激しく収縮する後ろに刺激され、キースもまた達したようで、ずしりとした彼の精液の重さを後ろに感じた。

「……涼也……」

キースが愛しげに名を呼び、唇を寄せてくる。

「……キース……」

名を呼び返し、彼のキスを受け止める僕の胸には、この上ない充足感が溢れていた。

愛しい――誰より愛しい男が、今、僕の中にいる。

会いたくてたまらなかった。抱き合いたくてたまらなかった彼とこうして繋がっていることが嬉しくて仕方がない。

「……何を笑っている？」

問いかけてくるキースもまた、微笑んでいた。

「……あんまり……幸せで……」

答えながら、言葉には少しの嘘などないものの、大仰に感じられたかな、と反省し、言い直す。

「……ずっと、会いたかったから……」

「……俺も幸せだ。それに俺も会いたいと思っていた」

キースには僕のような照れはなかったようで、きっぱりとそう言い切り、再び身体を起こして僕の両脚を抱え上げる。

「……もう一回いいか？」

問いかけられるまでもなく、僕の中で彼の雄が既に硬さを取り戻していることには気づいていた。

「うん」

僕ももっと欲しい、と大きく頷き、キースの逞しい背に両手両脚でしがみつく。

「いくぞ」

キースが満足そうに微笑んでくれたのが嬉しくて、僕もまた欲情が戻り始めた身体を彼へとぶつけていったのだった。

「大丈夫か？」

結局あれから共に三度絶頂を迎えたのだが、体力が追いつかなかったのか、最後には気を失ってしまったらしい。

頬を叩かれ、それを察した僕は、ゆっくりと目を開け、心配そうに見下ろしていたキースの顔を見返した。

「うん」

「水、飲むか？」

言いながらキースが、ミネラルウォーターのペットボトルを差し出してくる。

「……うん」

ありがとう、と起き上がろうとしたが、身体がいうことを聞いてくれない。それがわかるのかキースは僕の背を支え上体を起こしてくれた。

「ありがとう」

「無茶させたな……でも、お前も悪いんだぞ」

ペットボトルのキャップを外した状態で水を渡してくれながら、キースが僕に笑いかけてくる。

「悪い？」

何か彼の気に染まないことをしてしまったのかな、と首を傾げると、キースはどさりと音をたてて僕の隣に腰かけ、肩を抱いてきた。

「俺のを咥えたいなんて言いだすからさ」

「……っ」

耳元で囁かれ、今更のように羞恥に襲われた僕が、飲んでいた水に咽《む》せそうになる。

「おい、大丈夫か？」

慌てて背をさすってくれながら、キースが僕の顔を覗き込んできた。

「うん、大丈夫……」

咳もおさまったので、またごくごくと水を飲み、はあ、と息をついた僕の手からキースは空になったペットボトルを取り上げると、

「もう少し、飲むか？」

と優しく問いかけた。

「もういい」

大丈夫、と首を横に振った僕の肩を抱いたキースが、ゆっくりと僕の身体をベッドへと横たえてくれる。

「それなら、寝よう」

空のペットボトルをベッドサイドのテーブルに放ると、キースはそう言い、僕の隣に身体を滑り込ませてきた。

「日本にはいつまで？」

キースの逞しい胸に抱き込まれると、安心感ゆえかその瞬間から寝そうになったが、スケジュールは聞いておこう、と僕は無理矢理閉じそうになる瞼をこじ開け問いかけた。

「二週間だ。奴の立ち寄りそうなところを重点的に洗おうと思っている」

キースは眠気からは遠いところにいるようで、はっきりした口調で答えると、なぜだか僕をぎゅっと抱き寄せてきた。

「キース？」

「一番、立ち寄りそうなのは、ここじゃないかと思うがな」

苦笑し、そう告げたキースの言葉の意味はわからなかったものの、もしやそれが、滞在中はここに泊まることにした理由なのかと思うと、なんだか切なくなった。

普段なら言葉には出さなかっただろうが、今や僕の意識は半ば朦朧としていて、自制心がきかない状態であったから、僕はつい、愚痴めいた言葉を彼にぶつけてしまっていた。

「……なんだ、だからここに泊まるんだ」

「涼也、本気で言ってるのなら怒るぞ？」

明らかにむっとしたキースの声が傍らから響いてきて、僕の意識を現実へと引き戻す。

「……え？」

本気で怒っているらしい彼を見上げると、キースは、やれやれというように天を仰いだあと、僕の腰を更に抱き寄せてきた。

「少しでも一緒にいたいからに決まっているだろう？　まあ、『blue rose』にお前がまたさらわれないようにという理由もないではないけどな」

「……キース……」

少しでも一緒にいたい——僕と同じく彼も、そう考えてくれていたんだ、と思うと、なんだか堪らない気持ちになり、僕はキースに縋《すが》り付くと、逞しいその胸に唇を押し当てた。

「……誘うなよ」

キースがくすりと笑い、僕の髪に顔を埋める。

「……誘ってない……」

誘うも何も、既に体力は限界だった。ただ、キースの温《ぬく》もりが欲しいのだという思いを込め、尚も彼に縋り付く。

「わかってるさ」

ＩＣＰＯには読心術の講座でもあるのか——あるわけがないが——今回もまたキースは僕の心を正確に読んでくれたらしく、ふっと笑うと、愛しげに僕の額にキスをし、僕が寝やすいようにと体勢を整えてくれたのだった。

愛ゆえ

「なるほど。やはり偽『blue rose《ブルー ローズ》』の陰にICPO《アイシーピーオー》あり、か」

物憂げに自身の髪を手ですきながら、ローランドが彼の腹心の部下、アーサーの報告に頷いてみせる。

「はい、間違いありません。ICPOに潜伏している同士から確認が取れました。オークションなどで流出した美術品を残らずICPOが回収していることも、確認済みです。どうやらオークション主催の中国人を抱き込んだようですね。盗品流通を見逃す代わりに協力させていると思われます」

ここ、パリ郊外の古城のテラスで、さんさんと日差しが降り注ぐ中、優雅に午後のお茶を楽しむローランドの姿は、さながら一枚の絵画のようだ、と傍《かたわ》らに佇《たたず》み、調べ上げた事項を報告しつつもアーサーは暫《しば》し、彼の美貌に見惚《みと》れた。

かくいうアーサーも、プラチナブロンドの髪と金茶の瞳を持つ、それは美しい若者であるのだが、常に絶対的な美を目《ま》の当たりにしているため——絶世の美男子であるローランドの側近く仕えているため、自身の美貌に彼が気づくことはなかった。

十二歳の頃からローランドに仕えている彼にとっては『美』イコール主《あるじ》のローランドであ

り、彼ほど輝くべき存在でなければ『美』とはいえないという思い込みにとらわれていたのである。

「予想どおりだな。しかしこの短期間によく調べてくれた。さすがはアーサーだ」

そのローランドに、にっこりと微笑みかけられ、アーサーは、はっと我に返った。

「いえ、私は何も……ローランド様のご指示どおり動いただけですので」

十年以上仕えているというのに、未だに真っ直ぐに見つめられると、ドギマギしてしまう、と頬に血が上るさまを見られまいとまた頭を下げる。

澄んだ湖水のごとき美しき青い瞳を、花のように微笑む華麗な笑顔を前に、冷静でいられる男も女もいないだろうとアーサーは自身の頬の火照《ほて》りを己の胸の中で正当化する。実際アーサーは、これまでにローランドの美貌に動揺する男女を数限りなく見てきた。皆が皆、ローランドと相対すると冷静さを失い、絶対的な彼の美貌に見惚れる。

今までアーサーの知る中で、ローランドと面と向かってもそうした素振りを見せず、実にクールに対応していた人物は一人だけだった、とその人物の顔を思い起こしていたアーサーの心を読んだかのように、ローランドが話題を振ってきた。

「本件には当然、あの男が——キース・北条《ほうじょう》が絡んでいるのだろうな」

「はい」

まさに今、アーサーは彼のことを思い出していたのだった。ＩＣＰＯでも屈指の能力を持つというキース・北条は、それまでまったくの謎の存在であった怪盗『blue rose』の素性にあっという間に到達し、それを全世界に知らしめた。

今まで狙った獲物を――モリエール家に伝わる大切な宝を盗み損ねたことは一度もなかったローランドを、唯一出し抜いた男の記憶は、アーサーにも色濃く残っている。

彼もまた特徴的な男だった。今まで『完璧な人間』と言うに相応しい人物を、アーサーはローランドしか知らなかったが、精悍な美貌といい、素晴らしい体軀といい、優れた頭脳、そして手腕の持ち主であることといい、あのキースという男もまた『完璧』と評される人間だろう、と心の中で呟くアーサーの耳に、楽しげなローランドの声が響く。

「やはりキースが出てきたか。これだけ大がかりな罠を張るのは彼くらいだろうと思っていたが、当たったようだな」

ふふ、と笑うローランドの表情は、陽気な声音とは裏腹に、酷く憂いを含んだものだった。

それに気づくと同時に、その原因までにも気づいたアーサーが痛ましい思いを胸にローランドを見やる。

ローランドの憂いは、彼が大恩人と仰ぐ女性が今病に伏しており、彼女の命の灯火が間もなく消えるという報告を医師から受けたことに因《よ》るものだった。

なんとしてでも延命を、とローランドが医師に縋る姿を側で見ていたアーサーは、病人本人の希望により延命はしないという医師の答えに呆然となる彼の姿をも見ることとなった。

ローランドの頬は涙に濡れてこそいなかったが、彼が心の中で慟哭しているであろうとわかるだけに非常に切なかったと、そのときの光景を思い起こしていたアーサーの目に涙が滲《にじ》む。

ローランドはちらと泣きそうな顔になっていたアーサーを見やったものの、すぐに苦笑するように微笑むと、実に陽気な口調で言葉を続けた。

「キースが絶対の自信をもって張り詰めた罠だ。喜んで乗ってやろうじゃないか。久々に楽しい思いができそうだ。なあ、アーサー、そう思わないか？」

「……ローランド様……」

同情には及ばない、自分は大丈夫だ——必要以上に陽気にしてみせる主の意図がわかるだけに、尚も涙ぐむアーサーに、ローランドはまた苦笑すると彼から目を逸らし、独り言のような感じでぽつりとこう呟いた。

「しかしこの『罠』も逆を返せば好機ではある。まさに一石二鳥かな」

またも繊細な指先で自身の金髪を弄ぶローランドは、何かを酷く懐かしむような顔をしていた。

「……ローランド様……」

ローランドの心情を誰より読むことのできるアーサーは、今回も正しく彼の『懐かしむもの』を読み取った。

おそらくローランドの頭には今、あの男の顔が浮かんでいるに違いないと察したと同時にアーサーは、思わず問いかけてしまっていた。

「ローランド様、なぜなのです」

「え？」

ローランドにとってアーサーがそんな問いをしかけてくることは想定外だったようで、不思議そうな顔で問い返してくる。

忠義心の塊であるアーサー自身、自分が主に対し、己の抱いている疑問に対する答えがほしいなどという理由で声をかけるなど、信じがたいと思っていた。

『失礼いたしました』

普段の彼なら、慌ててローランドに詫び、己の問いを取り下げただろう。だがなぜかそのときアーサーはローランドに対し、問わずにはいられない心境に陥っていた。

「なぜ、彼なのです？」

「…………」

アーサーに問いを重ねられ、ローランドは更に驚いたらしく、綺麗なその瞳を大きく見開いたが、すぐにその目を細めて笑うと、問いを鸚鵡《おうむ》返しにしてきたのだった。

「『なぜ』？」

それを聞いた瞬間アーサーは、ローランドには自分の問いに答える気がなく、このままやむやにするつもりだろうと予測した。

十年以上側近くに仕えてきた。誰よりローランドに近いところにいるという自負がある。なのに自分にも隠し事をしようというのか、という思いがアーサーの口から言葉になって零れ落ちる。

「ええ、なぜなのです？　なぜローランド様はあの若い刑事にそうも執着なさるのですか」

「………」

まくし立てるアーサーを前に、ローランドは一瞬啞然となったものの、すぐに微笑みを取り戻すと、こう問い返してきた。

「お前の言う『若い刑事』とはリョーヤのことか？」

頷くか否か、アーサーは散々迷った。引き返すなら今しかない。すぐにも『出過ぎたことを申しました』と詫びるのだ、という自身の声が頭の中で響く。

「…………はい……」

だがアーサーは結局頷いてしまった。そのまま目を上げることができずに、じっと項垂《うなだ》れ、ローランドの答えを待つ。

やがてローランドがふっと息を吐くようにして笑い、またも物憂げに髪をすきはじめた。彼の視線が自分から外れたと察し、緊張に強張っていたアーサーの身体から力が抜け、唇からは溜《た》め息《いき》が漏れそうになる。

慌てて唇を引き結んでそれを堪えたが、彼は落胆せずにはいられずにいた。やはりローランドには答えてくれる気などないのだなと、新たに込み上げてきた溜め息を飲み込もうとしたそのとき、ローランドの視線が再びアーサーへと戻ってきた。

「アーサー、お前は恋をしたことがあるかい？」

「は？」

相変わらず髪の毛をすきながら問いかけてくるローランドの瞳には悪戯っぽい色が浮かんでいた。

唐突な問いにアーサーは一瞬言葉を失ったものの、自身の過去を振り返り、

「いえ」

と首を横に振る。

十二歳のときにローランドに拾われ、彼と行動を共にするようになってから、アーサーの金茶の瞳には主の――ローランドの姿しか映らなくなった。

アーサー自身が美しい若者であるために、幾多の女性や男性から熱い視線を送られることはままあったが、どのような美男美女からの求愛もアーサーはすげなく断り続けた。

アーサーにとっては自身の恋愛など少しも興味の持てるものではなく、彼の頭の中は、ただローランドのために自分は何ができるのか、そのことだけで占められていた。

その思いこそ、他人が見たら『恋』であろうに、アーサー本人はまるで気づかずにいる。

そんな彼に対し、ローランドはふっと目を細めて微笑むと、歌うような口調でこう語った。

「お前も恋をすればわかる。恋にはね、理由なんてないのだよ」

「…………はあ…………」

やはりはぐらかされたということだろうか、と思いつつも頷いたアーサーの目の前で、ローランドがうっとりとした表情となり、ぽつり、と一言呟く。

「心優しい彼なら引き受けてくれるはずだ。僕の……花嫁役をね」

思いを馳せるその瞳の先には、あの若い刑事がいるのだろう。『花嫁』を想う主の美貌は、アーサーが今まで見たこともないほど美しいものだった。

これこそが恋のなせるわざか、と、輝くばかりの美貌に見惚れるアーサーの前で、ローランドが、ふふ、と微笑み、またぽつりと呟く。

「……きっとね」

愛しげな口調でそう告げたローランドを見つめるアーサーの胸に、差し込むような痛みが走る。

それもまた『愛』ゆえということに彼が気づくまでには暫くの時を要した。

張り巡らされたＩＣＰＯの罠をかいくぐり、愛する『花嫁』を強奪するべくローランドが日本へと旅立つのはこの翌日のこととなる。

あとがき

はじめまして&こんにちは。愁堂れなです。この度は二十六冊目のルチル文庫となりました『花嫁は三度愛を知る』をお手にとってくださり、本当にどうもありがとうございました。

こちらは二月に発行していただきました『花嫁は二度さらわれる』（文庫化）の続編となります。

二〇〇六年のノベルズ発行時からずっと続編を書きたいと願っていましたので、今回こうして実現いたしましたことを本当に嬉しく思っています。改めまして、ルチル文庫様とイラストの蓮川愛先生に心より御礼申し上げます。

怪盗『blue rose』の再来、いかがでしたでしょうか。皆様に少しでも楽しんでいただけましたら、これほど嬉しいことはありません。

今回も蓮川先生のイラストが素晴らしすぎて、嬉しい悲鳴の上げ通しでした。私、本当に幸せです!!　担当様ともラフやカラー完成稿をお送りいただくたびに大盛り上がり大会となっていました。

一見クールでニヒル、でも実は熱い男のキースを本当に格好よく、やはり一見クールビューティー、実は結構抜けてる涼也を本当に綺麗に可愛く、そして美麗中の美麗！　余裕の笑みも憂いを含んだ表情も超素敵なローランドを本当に麗しく素敵に描いていただけて、めちゃめちゃ嬉しかったです。

まさに至福のときの連続でした。お忙しい中、本当に素晴らしいイラストをどうもありがとうございました。

担当のO様にも、大変お世話になりました。いつも本当にありがとうございます。

他、本書発行に携わってくださいましたすべての皆様にこの場をお借りいたしまして心より御礼申し上げます。

最後に何より、この本をお手にとってくださいました皆様に御礼申し上げます。ローランドとマダムの心の絆を、キースと涼也のじれったい恋を、皆様にも少しでも楽しんでいただけるといいなと祈ってます。

よろしかったらお読みになられたご感想をお聞かせくださいませ。心よりお待ちしています。

次のルチル文庫様でのお仕事は、来月『unison』シリーズの新作を発行していただける予定です。名古屋で長瀬《ながせ》を待ち受けているものは……？　こちらもよろしかったらどうぞお手にとってみてくださいね。

またこの四月刊から一年にわたり、全員サービスの小冊子フェアをしていただけることになりました。詳細につきましては本書の帯をご覧くださいませ。

私ごときが……と、恐縮しまくりなのですが、よろしかったらどうぞご応募なさってください（現時点でのご応募はまだできませんのでご注意くださいませ）。
また皆様にお目にかかれますことを切にお祈りしています。

愁堂れな

（公式サイト「シャインズ」http://www.r-shuhdoh.com/
twitter：http://twitter.com/#!/renashu）

二〇一一年三月吉日

＊このあとがきのあとに、ノベルズ『花嫁は二度さらわれる』発行時、中央書店コミコミスタジオ様での販促用ポストカードの裏面に書きましたショートをお送りいたします。短いですが、お楽しみいただけますと幸いです。

＊　＊　＊

「……あっ……」

キースの唇が首筋を滑り、胸の突起に辿り着く。舌先で転がすように愛撫《あいぶ》され、僕の口からは自分が発しているとは思えない甘い吐息が漏れてしまう。

「ん……っ……んふっ……」

もう片方の胸の突起をキースの繊細な指先が摘《つま》み上げる。彼がその野性味溢《あふ》れる逞《たくま》しい外見を裏切る、まるでピアニストのような細く長い指の持ち主であることに、最初僕は気づいていなかった。

繊細なのは指先だけではない。彼の愛撫も繊細かつ執拗なくらいに丁寧で、快楽に身悶えるあまり彼の性を受け止めるより前に達してしまうこともしばしばだ。

傲慢、尊大、居丈高――確かに刑事としては優秀であることを認めざるを得ないけれども、僕にとっての彼の第一印象は決していいものではなかった。

だがその傲慢さが実は彼の確固たる仕事への信念と自信の表れであり、その影に弛《たゆ》まぬ努力と温かな思いやりの心を見出したときにはもう、僕は彼に恋に落ちてしまっていた。

そして彼も――。

「あっ……あぁっ……」

既に勃ちかかっていた雄をキースのもう片方の手がやんわりと握り、先端をその細やかな指で擦り始める。早くも零れ落ちた先走りの液が彼の指に絡み、くちゅくちゅという淫猥な音が下肢から響いてくる。その音に僕の欲情は益々煽《あお》られ、堪らず両脚を自ら開いてキースの腰へと絡めようとすると、胸を舐《ねぶ》っていた彼が顔を上げ、にやりと笑いかけてきた。

「疲れてるだのなんだの言ってた割には、随分積極的じゃないか」

確かに今夜ベッドに誘われたとき、照れもあってそう渋ってみせたのだけれど、今更持ち出さなくてもいいじゃないかと恨みがましく彼を睨む。

「……意地悪……」

以前彼の口の悪さは僕の腹立ちを誘ったものだが、今では閨《ねや》での行為のスパイスでしかない。それがわかるからだろう、キースは悪態をついた僕にグレイの瞳を細めて微笑むと、腰に回した両脚を摑み、僕が望むとおりに高く抱え上げてくれたのだった。

✦初出　花嫁は三度愛を知る……………書き下ろし
刑事たちの休日…………………書き下ろし
愛ゆえ………………………………書き下ろし

愁堂れな先生、蓮川 愛先生へのお便り、本作品に関するご意見、ご感想などは
〒151-0051 東京都渋谷区千駄ヶ谷 4-9-7
幻冬舎コミックス　ルチル文庫「花嫁は三度愛を知る」係まで。

幻冬舎ルチル文庫

花嫁は三度愛を知る

2011年4月20日　第1刷発行

✦著者　愁堂れな　しゅうどう れな

✦発行人　伊藤嘉彦

✦発行元　株式会社 幻冬舎コミックス
〒151-0051 東京都渋谷区千駄ヶ谷 4-9-7
電話 03(5411)6432［編集］

✦発売元　株式会社 幻冬舎
〒151-0051 東京都渋谷区千駄ヶ谷 4-9-7
電話 03(5411)6222［営業］
振替 00120-8-767643

✦印刷・製本所　中央精版印刷株式会社

✦検印廃止

ISBN978-4-344-82217-7　C0193　Printed in Japan